folio
junior

2 Mars 2015

A ma belle Coralie !
J'espère que tu
aimeras ce livre.
   Bonne lecture !

   Grand maman
   Carolle x xoo

Titre original : *Best Friends*

Publié initialement en Grande-Bretagne par Doubleday/Transworld Publishers,
filiale de Random House Group Ltd (Londres)
© Jacqueline Wilson, 2004, pour le texte
© Nick Sharratt, 2004, pour les illustrations
© Éditions Gallimard Jeunesse, 2005, pour la traduction française
© Éditions Gallimard Jeunesse, 2008, pour la présente édition

Jacqueline Wilson

Ma meilleure amie

Illustrations de Nick Sharratt

Traduit de l'anglais
par Vanessa Rubio

GALLIMARD JEUNESSE

Pour Scarlett, Fergus et Phoebe

Chapitre 1

Alice est ma meilleure amie. On se connaît depuis toujours. Je vous assure que c'est vrai. Nos mamans étaient dans la même chambre à la maternité. Je suis venue au monde la première, à six heures du matin, le 3 août. Alice a pris son temps et n'est arrivée qu'à quatre heures de l'après midi. On a fait un gros câlin à nos mamans et, le soir, on s'est retrouvées côte à côte dans nos petits lits de bébé.

Je crois qu'Alice avait un peu peur. Qu'est-ce qu'elle pleurait ! Même maintenant, elle a toujours tendance à pleurer facilement, mais j'essaie de ne pas trop me moquer d'elle. Au contraire, je fais tout mon possible pour la consoler

Je parie que, ce premier jour, je lui ai parlé en langage bébé et que je lui ai dit :

— Salut, je m'appelle Perla. Ça fait bizarre de venir au monde, pas vrai ? Ça va, toi ?

Et Alice a dû répondre :

— Je ne sais pas trop. Je m'appelle Alice. Mais je crois que je ne me plais pas tellement ici. Je veux ma maman.

— On va les revoir bientôt, nos mamans. Quand elles vont nous donner à manger. Je *meurs* de faim !

Et j'ai dû me mettre à pleurer aussi, espérant faire venir plus vite l'heure de la tétée.

Pour être honnête, je dois avouer que je suis toujours un peu goinfre. Enfin, pas aussi goinfre que Biscuit, quand même. Son vrai nom, c'est Billy Petit-Lu, mais tout le monde l'appelle Biscuit, même les profs. C'est un garçon de ma classe qui a un appétit incroyable. Il peut engloutir un paquet entier de Pépito, *scrunch, scrunch, miam, miam,* en deux minutes top chrono.

Un jour, à la récré, on a organisé un grand concours de dévorage de gâteaux. Moi, je me suis arrêtée aux trois quarts du paquet. J'aurais sans doute pu le finir mais j'ai avalé une miette de travers. J'ai toussé, toussé, j'ai failli m'étouffer. J'avais de la bave au chocolat plein mon chemisier blanc. En fait, ça ne me changeait pas tellement. Je ne sais pas comment je me débrouille, je suis toujours débraillée, dépeignée, tout égratignée. Alice, elle, est toujours propre et nette.

Quand on était bébés, il y en avait toujours une qui allait à quatre pattes fouiller dans la poubelle, prendre un bain de boue dans le jardin, ou qui tombait dans la mare en donnant à manger aux canards – pendant que l'autre restait assise bien sagement dans sa poussette, avec Pot-de-Miel (son ours en peluche jaune) dans les bras, à rire des bêtises de sa copine.

Quand on était à la maternelle, il y en avait toujours une qui jouait au pompier dans le coin « jeux d'eau », aux taupes dans le bac à sable et qui préférait peindre sur ses vêtements que sur une feuille – pendant que l'autre restait bien tranquille assise à sa petite table à faire des colliers en pâte à modeler (un pour elle, l'autre pour son amie) et savait chanter *L'Araignée Gipsy* comme il faut avec tous les gestes.

Lorsque nous sommes entrées au CP, il y en avait une qui se prenait pour un Maximonstre et poussait des rugissements si terribles que la maîtresse l'a fait sortir de la classe. La même s'était battue avec un grand garçon qui avait volé la barre de chocolat de son amie… et elle l'avait fait saigner du nez ! Pendant ce temps, l'autre lisait *Mili-Mali-Malou* et écri-

vait l'histoire d'une toute petite fille, qui vivait dans une toute petite maison au toit de chaume, de sa belle écriture bien nette.

Maintenant, nous sommes en CM 1. L'une des deux filles a voulu entrer dans les toilettes des garçons pour montrer qu'elle était cap'… vous imaginez leur réaction. Elle a aussi escaladé la gouttière pour essayer de rattraper son ballon… sauf que la gouttière s'est détachée du mur. Et qu'elles ont atterri toutes les deux (la fille et la gouttière), *crac*, *boum*, par terre. M. Baton, le directeur, n'était pas content du tout du tout. Pendant ce temps, l'autre petite fille était élue déléguée de classe. Pour la boum de l'école, elle avait mis un super haut à paillettes argentées (avec des paillettes assorties sur les paupières), du coup, tous les garçons voulaient danser avec elle. Mais devinez quoi… elle a préféré danser toute la soirée avec sa meilleure amie.

Alice est ma meilleure amie, mais on ne se ressemble absolument pas, ça va sans dire. Enfin, je vous en ai déjà dit beaucoup, quand même. Ma mère répète souvent qu'on ne se ressemble pas. Très souvent.

– Bon sang, Perla, tu ne peux pas arrêter de faire tant de bruit, de bêtises et de bazar ! Un vrai garçon manqué. Dire que j'étais tellement heureuse d'avoir une fille. Maintenant, j'ai l'impression d'avoir trois garçons à la maison. Et tu es le plus casse-cou des trois !

Parce que j'ai deux grands frères. Il y a Arthur qui a dix-sept ans et avec qui je m'amusais super bien avant. C'est lui qui m'a appris à faire du skateboard et à faire la bombe à la piscine. Tous les dimanches, je montais derrière lui sur son vélo et on allait comme ça voir papy. Mais depuis qu'il a une petite amie, ce n'est plus pareil. Avec Aïcha, ils n'arrêtent pas de se regarder dans le blanc des yeux en se faisant des bisous-bisous. Beurk !

Une fois, Alice et moi, on les a suivis dans le parc, comme des espionnes, parce qu'on voulait voir s'ils faisaient des trucs encore pire, mais Arthur nous a surprises. Il m'a suspendue par les pieds et m'a secouée la tête en bas… j'ai bien failli vomir !

Et puis il y a mon autre frère, Jack, mais il n'est pas aussi drôle qu'Arthur. Il est super intelligent, une vraie tête, toujours premier de sa classe. Il n'a pas de petite amie. Il ne sort jamais, comment voulez-vous qu'il rencontre quelqu'un ? Il reste cloîtré dans sa chambre, le nez dans ses bouquins. S'il se risque dehors, ce n'est que tard le soir pour aller promener notre chien, Dingo. Il s'habille toujours en noir. Et il n'aime pas le pain à l'ail. Et si Jack s'était transformé en Jackula ? Il va falloir que je vérifie s'il a les canines pointues…

Ce n'est pas facile d'être la sœur de Jack, croyez-moi. Les professeurs s'attendent à ce que je sois aussi intelligente que lui et que j'aie dix sur dix tout le temps. Ils peuvent toujours rêver !

Je ne suis pas nulle, quand même. M. Baton dit

que j'arriverais à faire danser un âne. Il prétend que je fais pas mal d'âneries, d'ailleurs. Il devrait se méfier. Les ânes, ça rue. Et j'enverrais bien un coup de sabot à M. Baton.

J'ai toujours des tas d'idées, des tas de projets dans la tête, mais je trouve ça tellement embêtant de devoir noter que, généralement, je laisse tomber. Ou je demande à Alice d'écrire à ma place. Elle a de bien meilleures notes que moi dans toutes les matières. Sauf en foot. Ce n'est pas pour me vanter, mais je suis la seule fille dans l'équipe de foot de l'école. La plus jeune et la plus petite en taille.

Alice déteste le sport. Nous n'avons pas du tout les mêmes centres d'intérêt. Elle aime dessiner des farandoles de petites filles modèles avec de jolies robes, écrire son journal intime avec des stylos à paillettes, se mettre du vernis de toutes les couleurs et jouer avec ses bijoux. Alice adore les bijoux. Elle les range dans une belle boîte qui appartenait à sa grand-mère. Elle est doublée de velours bleu et, quand on ouvre le couvercle, une petite danseuse en tutu se met à tourner, tourner, tourner. Dedans, il y a un petit cœur en or au bout d'une chaîne, une minuscule gourmette en or de quand elle était bébé, un bracelet en jade que lui a offert son oncle de Hong Kong, un médaillon en argent, une broche en strass en forme de chien, et un bracelet orné de dix petites breloques. Moi, ma préférée, c'est la petite arche de Noé en argent. On peut l'ouvrir pour regar-

der les girafes, les éléphants et les tigres miniatures sculptés à l'intérieur.

Alice possède aussi des tonnes de bagues : une vraie, en or, qui vient de Russie, un grenat victorien, et des tas de bagues en toc qu'elle a eues dans des pochettes-surprises. Elle m'en a offert une en métal argenté avec une grosse perle nacrée qui brillait. Une perle pour ma Perla, elle a dit. Je l'adorais sauf que j'ai oublié de l'enlever pour aller à la piscine : l'argent est devenu noir et la perle est tombée.

– Ça m'aurait étonnée, a soupiré maman.

Parfois, je me dis qu'elle aurait voulu échanger nos berceaux à la naissance. Je suis sûre qu'elle aurait préféré avoir Alice comme fille. Elle ne l'avouera jamais, mais je ne suis pas idiote. Moi aussi, à choisir, je préférerais Alice.

– Pas moi, affirme mon père en m'ébouriffant les cheveux.

De toute façon, ils sont toujours ébouriffés. Dressés sur ma tête comme si j'avais les doigts dans une prise électrique. Maman a voulu que je les laisse pousser, mais je n'arrêtais pas de perdre ces imbéciles d'élastiques et de chouchous. Et puis, après le grand concours de bulles de chewing-gum que j'ai fait avec Biscuit et d'autres garçons, ils sont devenus un peu collants. Alors, HOURRA HOURRA, on a dû me les couper. Maman a pleuré ; moi, je m'en fichais complètement.

Je sais qu'on n'est pas censé préférer un membre de sa famille à un autre, pourtant je crois que j'aime mieux mon père que ma mère. Je ne le vois pas très souvent parce qu'il est chauffeur de taxi : il se lève bien avant que je sois réveillée pour emmener des gens à l'aéroport et il rentre très tard, après avoir ramené les gens chez eux à la sortie du pub. Quand il est à la maison, il s'allonge sur le canapé, devant la télé, pour faire un petit somme.

Souvent, ça se transforme en longue longue sieste, alors je me blottis contre lui pour faire un câlin. Il me caresse la tête en marmonnant « Coucou, petit câlinou » et il se rendort.

Mon grand-père aussi était chauffeur de taxi, mais il est à la retraite. Il donne parfois un coup de main quand le patron de mon père a besoin d'un chauffeur supplémentaire. Un jour, papy m'a emmenée faire un tour dans la Rolls blanche qu'ils louent pour les mariages, ni vu, ni connu. Il est gentil, mon grand-père. Je crois que, dans la famille, c'est lui que je préfère. Il s'est toujours occupé de moi, depuis que je suis bébé. Maman a recommencé à travailler à plein-temps lorsque papy a pris sa retraite, alors il a joué les baby-sitters.

Il vient me chercher à l'école tous les jours. Après, on rentre chez lui, il habite au dernier étage de son immeuble. Par la fenêtre, on voit les oiseaux qui volent dans le ciel, c'est magique. Quand il fait beau, on voit même à des kilomètres à la ronde, la ville, les bois, la campagne. Parfois, papy plisse les yeux et fait semblant de regarder dans un télescope. Il jure qu'il aperçoit la mer, mais je crois qu'il plaisante. C'est un grand farceur, mon grand-père. Il me donne des tas de noms rigolos. Je suis sa petite perle, sa Perlita. Et il m'achète toujours des bracelets-bonbons avec des perles en sucre, et des biscuits aux perles de chocolat.

Ça énerve maman. Quand elle vient me chercher, elle râle après papy :

– Tu ne devrais pas lui donner à grignoter, on va dîner en rentrant à la maison. Et tu te laveras bien les dents, Perla. Je n'aime pas que tu te gaves de sucreries.

Papy répond toujours « désolé, désolé », mais dans le dos de maman, il louche et fait la grimace. Je rigole, et maman s'énerve encore plus.

De toute façon, on dirait que tout le monde l'énerve, ma mère. Tout le monde sauf Alice. Comme maman travaille au rayon maquillage des Galeries de la Mode, elle lui ramène des tas d'échantillons de crème, de parfum et des mini rouges à lèvres. Un jour où elle était d'excellente humeur, elle a demandé à Alice de s'asseoir devant sa coiffeuse pour lui faire un vrai maquillage de dame. Elle m'a maquillée aussi (en me grondant toutes les cinq minutes parce que je n'arrêtais pas de bouger… Je n'y peux rien, moi, si je suis chatouilleuse), mais après j'avais les yeux qui me grattaient, alors je les ai frottés et je me suis étalé du mascara noir partout. On aurait dit un panda.

Le maquillage d'Alice a tenu toute la journée. Son rouge à lèvres rose a même résisté au dîner. Pourtant,

on mangeait de la pizza, mais elle l'a coupée en tout petits morceaux au lieu de mordre directement dans sa part.

Si Alice n'était pas ma meilleure amie, j'avoue que, des fois, elle m'énerverait. Surtout quand maman lui fait tout plein de compliments, puis me regarde en soupirant.

Enfin, l'avantage, c'est qu'elle est toujours d'accord pour qu'Alice vienne dormir à la maison. Elle a décrété que les fêtes d'anniversaire à la maison, c'était fini. Arthur s'en fiche, la seule personne qu'il aime inviter, c'est Aïcha. Jack s'en moque aussi. Il a quelques copains au collège mais ils ne se voient jamais en chair et en os, ils communiquent uniquement par texto et par e-mail.

Moi, j'ai des tas d'autres copains et copines, à part Alice. L'an dernier, pour mon anniversaire, j'avais invité trois garçons et trois filles à une soirée pyjama. Alice était la première sur ma liste, bien entendu.

On avait prévu de jouer dehors dans le jardin, mais comme il pleuvait, on est restés dans le salon où on a improvisé un match de foot du tonnerre avec un coussin (sauf Alice qui ne voulait pas jouer et Biscuit qui est nul en foot). Quelqu'un a cassé la petite bergère en porcelaine que maman avait eue en cadeau de mariage… et le coussin a explosé. Ma mère était tellement en colère qu'elle n'a pas voulu que mes copains restent dormir à la maison, elle les a tous renvoyés chez eux. Sauf Alice.

Dorénavant, je n'ai le droit d'inviter qu'une seule amie à la maison : Alice, et personne d'autre. Mais tant mieux, parce que, comme je l'ai probablement déjà dit et répété, Alice est ma meilleure meilleure amie.

Je ne sais pas ce que je deviendrais sans elle.

Chapitre 2

Je ne sais pas quoi faire. Je suis inquiète, il y a quelque chose qui cloche…

Alice a un secret et elle ne veut pas me le dire. Nous n'avons jamais eu le moindre secret l'une pour l'autre jusque-là.

Je lui ai toujours tout confié, même les choses les plus inavouables. Comme la fois où je pensais pouvoir rentrer à la maison sans aller aux toilettes après avoir bu deux grands Coca et un milk-shake au Mac-Donald's. Alice sait que j'ai du mal à m'endormir sans ma veilleuse petit lapin parce que je n'aime pas trop le noir. Quand papy a dû aller à l'hôpital pour être opéré, j'ai pu dire à Alice que j'avais peur pour lui – mais heureusement il a été guéri en un rien de temps.

Alice m'a toujours confié ses secrets, elle aussi. Elle m'a raconté la fois où ses parents s'étaient disputés parce que son père avait trop bu à une soirée. Elle m'a avoué qu'elle avait volé un Chocotoff. Elle l'avait trouvé par terre, alors elle s'est dit que ça ne comptait pas, mais elle se demandait quand même si c'était du vol. Ça l'a tellement tracassée qu'elle n'a pas osé le manger. Je l'ai mangé à sa place, pour qu'elle arrête de s'en faire.

Elle m'a raconté des tas et des tas de trucs. Mais maintenant, elle a un secret. Elle ne se doute pas que je m'en doute. Je l'ai découvert en lisant son journal intime.

Ça ne se fait pas, je sais. Pourtant j'y ai déjà jeté un coup d'œil plusieurs fois. Pas pour l'espionner ni par méchanceté. Non, juste pour voir ce qu'elle pense, ça m'intéresse. Comme s'il y avait une petite fenêtre dans sa tête qui me permettait de regarder ce qui se passe à l'intérieur. En général, j'aime bien parce qu'elle parle beaucoup de moi.

Aujourd'hui, Perla a raconté une histoire tellement drôle en classe que même Mme Watson a éclaté de rire... Avec Perla, on a inventé un dessin animé avec les animaux de l'arche de Noé. Vous imaginez la scène : les girafes se redressent brusquement et crac ! elles font un trou dans le toit. Comme il pleut à verse, les éléphants écartent les oreilles pour protéger Noé et sa famille... Je ne sais pas où Perla va chercher toutes ces idées...

Aujourd'hui, je n'étais pas de très bonne humeur parce que ma mère ne veut pas m'acheter la veste en daim qu'on a vue samedi, mais Perla m'a donné la moitié de sa barre au chocolat et elle a promis de m'acheter toutes les vestes en daim que je voudrai quand on sera grandes.

Ça me fait plaisir qu'elle écrive page après page que je suis drôle, gentille et que je déborde d'imagination. En plus, elle a collé une photo de nous deux sur la couverture de son journal intime, puis elle l'a entourée au stylo argent pour faire un cadre et, tout autour, elle a ajouté des autocollants super mignons de fleurs, de dauphins, de chats et de danseuses.

Donc, j'ai jeté un petit coup d'œil à son journal intime hier. On avait passé l'après-midi à faire le plan de l'appartement qu'on partagerait ensemble quand on aurait l'âge. Alice hésitait un peu au début, mais j'ai pensé que c'était parce qu'elle ne dessine pas aussi bien que moi. Alors je lui ai proposé de découper des images dans les magazines de ma mère. Elle nous a trouvé deux lits jumeaux, un immense canapé en velours bien moelleux, un frigo gigantesque et un beau tapis blanc à poils longs. Puis elle a taillé de minuscules hexagones de toutes les couleurs pour nous faire des couvre-lits en patchwork, avec des coussins assortis pour le canapé. Moi, j'ai découpé tout plein de trucs à manger pour remplir notre frigo.

Les bacs de glace et les éclairs au chocolat étaient tellement grands qu'ils ne tenaient même pas à l'intérieur, mais ce n'était pas grave. Vous imaginez, un bac de glace tellement immense qu'on pourrait rentrer dedans pour se régaler, un éclair au chocolat qu'on pourrait enfourcher comme un poney (bon, après on aurait le fond du pantalon un peu poisseux, certes…) ! Ensuite j'ai dessiné des yeux, des oreilles, une truffe et des griffes sur le tapis blanc… il s'est changé en ours polaire pour nous faire des câlins et nous réchauffer entre ses grosses pattes.

Alice n'a pas tellement apprécié.

– Je croyais qu'on faisait ça sérieusement, Perla Tu as tout gâché, a-t-elle protesté.

Elle ouvrait et fermait la bouche comme un poisson chaque fois qu'elle ouvrait et fermait ses ciseaux.

Moi, j'ai commencé à m'énerver parce qu'elle mettait une heure à assembler ses morceaux de patchwork. Manque de chance, mon nez m'a chatouillée, j'ai éternué et tous les petits bouts de papier se sont envolés avant qu'elle ait eu le temps de les coller. Elle était furieuse.

Mais c'était normal. Comme d'habitude. Alice et Perla. Perla et Alice. Il ne s'agissait pas d'une vraie dispute. On ne se dispute jamais vraiment. On n'a jamais cessé d'être amies, pas même une demi-journée. *Alors pourquoi ne veut-elle pas me dire son terrible secret?*

Elle ne veut peut-être plus être mon amie. Elle s'est comportée vraiment bizarrement au dîner. On n'était que toutes les trois Alice, maman et moi. Papa travaillait, Arthur était chez Aïcha et Jack s'était monté un plateau dans sa chambre parce qu'il ne voulait pas quitter son ordinateur une seule seconde. Maman nous avait préparé des spaghettis bolonaise et de la salade de fruits avec de la crème Chantilly en bombe et une poignée de Smarties chacune. J'ai pris tous les bleus et Alice tous les roses.

Moi, j'ai tout mangé. J'ai même léché mon assiette pendant que maman avait le dos tourné. Mais Alice n'a presque rien avalé. Elle est un peu difficile, c'est vrai, mais en principe elle adore les spaghettis bolonaise, la salade de fruits et les Smarties. C'était mauvais signe. Elle n'a même pas voulu faire le concours de celle qui aspirerait ses spaghettis le plus vite. Mon assiette était déjà vide qu'Alice était encore en train d'enrouler ses pâtes autour de sa fourchette, l'air pensif, sans les manger.

– Tu veux me donner ta part ? ai-je proposé, pour rendre service.

– Laisse donc l'assiette d'Alice tranquille, Perla ! est intervenue ma mère. Tu n'avais qu'à pas tout engloutir en deux minutes. Franchement, on a l'impression de dîner avec un gorille affamé !

Alors j'ai fait le singe, en me frappant le torse et en retroussant les lèvres mais maman s'est mise en colère. Ce n'est franchement pas juste, c'est elle qui avait parlé de gorille, pas moi. Comme les spaghettis d'Alice étaient tout froids, maman a fini par lui retirer son assiette. Alice a mangé un peu de salade de fruits, avec juste une petite goutte de crème sur le dessus. Moi, j'ai rempli ma coupelle d'une montagne de chantilly, jusqu'à ce que maman m'arrache la bombe des mains.

Puis on a mangé nos Smarties.

– Tu te souviens l'an dernier, on avait décoré notre gâteau d'anniversaire avec des Smarties, ai-je dit. Hé, tu sais que tous les sept Smarties, on a le droit de faire un vœu ?

– C'est pas vrai, tu viens de l'inventer. On peut seulement faire un vœu lorsqu'on coupe son gâteau d'anniversaire*. On n'a pas de gâteau. Et de toute façon, ce n'est pas notre anniversaire.

– On peut faire des vœux quand on veut, anniversaire ou pas ! ai-je répliqué. Allez, Alice, fais un vœu avec moi.

On fait toujours le même.

– Que nous restions amies pour toute la vie et l'éternité entière, ai-je déclamé.

J'ai donné un coup de coude à Alice pour qu'elle répète. Elle l'a fait dans un murmure, puis elle a bu un peu de jus de fruits, plongeant le nez dans son verre. Elle s'est étranglée, elle a toussé, toussé et a dû courir dans la salle de bains.

– Oh, la pauvre. Elle a avalé un Smarties de travers ? s'est inquiétée ma mère.

– Je ne crois pas.

* C'est une tradition en Grande-Bretagne.

Lorsqu'elle est revenue de la salle de bains, Alice avait les yeux tout rouges. D'accord, ça fait venir les larmes aux yeux, de s'étouffer, mais on aurait dit qu'elle avait pleuré.

Je ne m'y suis pas attardée sur le moment. Alice pleure facilement. Pour le moindre petit truc. Parfois elle pleure même de joie, comme lorsque je lui ai donné Mélissa, la poupée en porcelaine que Mamie m'avait léguée à sa mort. Je l'aimais beaucoup parce qu'elle avait appartenu à ma grand-mère et à sa grand-mère à elle avant cela. Mélissa était très jolie, avec des anglaises brunes, ses yeux brillants et ses longs cils. Je m'amusais à lui faire ouvrir et fermer les paupières, comme une vraie petite fille, mais maman avait peur que je finisse par l'abîmer.

Alice aimait aussi beaucoup ma poupée, surtout sa belle robe blanche avec son jupon et sa culotte bouffante en dentelle (vous vous imaginez avec une culotte qui descend jusqu'aux genoux ?). Moi, j'aurais aimé pouvoir jouer avec. Je ne suis pas trop « poupée », sauf pour imaginer des aventures complètement folles. Mes Barbie explorent la jungle du jardin, se battent avec des lombrics géants et manquent se noyer sous des pluies torrentielles.

Mélissa était bien trop coquette pour ça. Elle était tout de blanc vêtue, jusqu'à ses petites bottines en daim avec leurs minuscules boutons en forme de perle. Je savais ce qui allait lui arriver si je la gardais. Mieux valait que je la donne à Alice. Elle l'a serrée

contre son cœur (avec précaution pour ne pas frois-
ser ses vêtements) et de grosses larmes ont roulé sur
ses joues.

J'ai eu peur de m'être trompée. Finalement, Mélissa
ne lui plaisait peut-être pas, mais Alice m'a assuré
qu'elle pleurait de joie. Moi, j'ai pleuré, pleuré de
désespoir quand maman s'est aperçue de ce que
j'avais fait. Elle était fuuuuuuurieuse que j'aie donné
la poupée de mamie.

Bref, je me suis demandé si Alice pleurait de joie
à cause de notre vœu de Smarties, mais ça me semblait un peu exagéré, même pour elle. Elle a retrouvé
sa bonne humeur après le dîner. On a regardé la télé
et, quand *Pop-Danse*, notre émission préférée, est
arrivée, on a chanté et dansé devant. Enfin, Alice
faisait tous les enchaînements comme il fallait. Moi,
je me contentais de sauter sur place en agitant les
bras en l'air.

Arthur s'est joint à nous un moment. Il danse encore plus mal que moi. Alice avait un peu peur lorsqu'il nous a fait tournoyer dans les airs, mais moi j'ai adoré.

Seulement, après, il a filé retrouver Aïcha.

Alice et moi, on est allées promener Dingo dans le jardin. On a essayé une fois de plus de lui apprendre des tours. Quand il était petit, il donnait la patte, c'était trop mignon. J'étais super contente, je me suis tout de suite imaginé qu'on allait en faire un chien de cirque. Je nous voyais déjà faire un numéro avec lui. En queue-de-pie et haut-de-forme, je lui donnais des ordres tandis qu'Alice, dans son joli tutu rose, jouait les assistantes.

Hélas, en grandissant, Dingo s'est mis à aboyer comme un *dingue*. Et il n'a plus voulu faire le moindre tour. Il accepte de donner la patte quand il est de très bonne humeur et qu'on lui promet du chocolat en récompense, mais il refuse catégoriquement de danser sur ses pattes arrière, de faire des galipettes ou de chanter *Ouafieux ouafnniversaire*. Tout ce qu'il sait faire, c'est aboyer, très fort et sans s'arrêter, l'air de dire « Dégage, fiche-moi la paix ! »

Et c'est ce qu'il a fait hier soir lorsque j'ai essayé de le faire monter en équilibre sur un pot de fleurs. Un gros pot de fleur. Il aurait pu le faire les pattes dans la truffe s'il avait voulu. Mais il n'a pas voulu. Il aboyait si fort que Jack s'est décollé de son précieux ordinateur pour voler à son secours.

– Arrêtez de le torturer, pauvre petit toutou ! s'est-il écrié en prenant Dingo sous son aile.

– Je m'occupe de sa carrière, me suis-je défendue. Je lui ai même trouvé un nom de scène : Dingo-Star ! Vous avez compris ? Comme le batteur des Beatles, Ringo Starr.

– Parce que tu connais ce groupe, toi ? s'est étonné Jack. Eh bien, va donc écouter tes disques préhistoriques au lieu d'embêter ce pauvre animal.

Et il a emmené Dingo à l'arrière de la maison.

Dans son dos, j'ai marmonné quelques insultes que je ne répéterai pas ici et qui ont fait pouffer Alice. Du coup, nous nous sommes perchées sur une grosse branche du pommier pour faire l'inventaire de tous les gros mots que nous connaissions. Dans ce registre-là, j'ai un vocabulaire beaucoup plus étendu que celui d'Alice. C'était génial de balancer nos jambes dans le vide. J'ai voulu faire bouger un peu la branche en sautant sur place, mais Alice avait peur. Et puis elle a eu des fourmis dans les jambes et on a été obligées de redescendre.

Papa me promet depuis des siècles de me construire une cabane dans cet arbre, mais il n'a jamais le temps. Je sais qu'Alice adorerait.

Ensuite maman nous a appelées pour qu'on rentre et qu'on se mette en pyjama. On s'est assises chacune à un bout de mon lit avec un saladier de popcorn entre nous deux. Je faisais semblant d'être un phoque qui rattrapait les grains de maïs au vol dans sa gueule pendant qu'Alice écrivait son journal intime. Je n'étais pas très douée, comme phoque, je me donnais du mal pourtant.

– Arrête, tu me fais bouger, a protesté Alice.

– Hé, chest pas fachile de rattraper le pop-corn, ai-je répondu, la bouche pleine.

– Attention, tu vas avaler de travers, m'a-t-elle prévenue en refermant son journal d'un coup sec. Tu es vraiment dégoûtante, Perla. Tiens, je vais me mettre du vernis. Allez, viens, je vais te faire les ongles.

– Pas envie. Tu vas encore me gronder parce que j'y ai touché avant que ça soit sec.

– Alors n'y touche pas ! a-t-elle répliqué sèchement en ouvrant son flacon de vernis.

– J'ai l'impression d'entendre ma mère, me suis-je moquée en la poussant du bout du pied.

J'y suis allée un peu trop fort et, dans mon enthousiasme, j'ai fait tomber le saladier de pop-corn du lit. Alice a sursauté… et renversé son vernis sur son poignet et sa manche de pyjama.

– Oh, Perla ! a-t-elle hurlé.

Elle a couru dans la salle de bains se nettoyer.

J'ai essayé tant bien que mal de remettre les grains

de maïs dans le saladier, mais ils s'étaient faufilés partout, même entre les pages du journal d'Alice. Je l'ai secoué… et j'en ai profité pour jeter un petit coup d'œil à ce qu'elle avait écrit.

Puis je l'ai relu. Et relu encore.

Je ne sais pas quoi faire. Je suis tellement embêtée. Je ne peux pas le dire à Perla. Non, je ne peux pas. Ça doit rester un SECRET. Mais j'ai du mal à continuer à faire comme si de rien n'était – alors que Perla a fait le vœu qu'on reste amies pour la vie.

Comment ça, Alice a une nouvelle meilleure amie ?
Elle en aurait assez de moi ?
Je n'ai pas pu m'endormir. Je me retournais dans mon lit plein de miettes de pop-corn, hésitant à réveiller Alice pour lui poser la question directement. Finalement, je me suis blottie contre elle, enroulant une mèche de ses longs cheveux autour de mon doigt pour me lier à elle pour toujours.

Chapitre 3

Le lendemain, au réveil, je n'ai pas parlé de ce fameux secret. Alice non plus.

Je n'ai pas abordé le sujet lorsque nous sommes descendues nous préparer un grand bol de Frosties avec plein de sucre, une poignée de raisins secs et des vermicelles de toutes les couleurs pour faire du lait arc-en-ciel. Alice non plus.

Je n'ai pas évoqué la question pendant qu'on regardait la télé. Alice non plus.

Je n'ai pas mentionné cette histoire de secret lorsqu'on a joué à *La Fabuleuse Histoire de Jenny B.*, notre roman préféré*. Alice non plus.

Alice ne disait pas grand-chose, de toute façon, et pourtant elle tenait le rôle de Louise, de Justine et d'Hélène la Baleine (moi, je suis toujours Jenny). Enfin, il faut avouer qu'Alice est beaucoup moins bavarde que moi.

* Du même auteur, dans la même collection.

Moi, je n'arrive pas à me taire. Plus je suis angoissée, plus je parle, plus je fais de bruit. Là, j'ai fait tellement de bruit que maman a déboulé dans le salon en robe de chambre, furieuse.

– Bon sang, Perla, arrête de hurler ! Ton père est rentré à deux heures du matin, cette nuit.

– Mais je suis Jenny Bell, maman. C'est normal que je crie. Que je tape des pieds. Que je m'agite, que je trépigne, ai-je répliqué en joignant le geste à la parole.

Maman m'a attrapée par les épaules et m'a secouée.

– Tu vas arrêter !

Elle ne m'a jamais giflée, mais parfois ce n'est pas l'envie qui lui manque, j'en suis sûre. Elle a levé les yeux au ciel avant de se tourner vers Alice.

– Je ne comprends pas que tu sois amie avec ce petit monstre ! Qu'est-ce que tu lui trouves à notre Perla ?

– Je ne sais pas... C'est comme ça...

Et soudain Alice a fondu en larmes.

– Oh, ne pleure pas, ma chérie ! Je ne suis pas en colère après toi.

– Mais je ne veux pas que vous soyez en colère après Perla non plus, sanglotait Alice.

– Je ne suis pas vraiment en colère. Juste un peu sur les nerfs. C'est qu'il faut la suivre, notre Perla, a répondu maman en m'ébouriffant les cheveux. Regarde comment tu es coiffée, Perla. On dirait une balayette à toilettes !

– Je t'en prie, maman, ne me plonge pas dans la cuvette ! ai-je plaisanté.

Mais elle était occupée à essuyer les yeux d'Alice avec du Sopalin. D'habitude, Alice pleure juste un peu, les larmes coulent délicatement sur ses joues roses. Mais là, c'était l'inondation : torrents de larmes, cascade de morve et rivière de bave. Une horreur ! J'avais du mal à reconnaître mon amie toujours si propre et nette.

– Oh, je t'en prie, arrête de pleurer, Alice.

Je l'ai prise dans mes bras et je me suis mise à sangloter à mon tour.

– Juste ciel ! s'est écriée maman. Ça suffit, les filles. Vous êtes ridicules, là. J'abandonne. Vous pleurez vraiment pour rien.

Elle nous a donné un petit coup de Sopalin sur le bout du nez avant de monter se préparer.

J'ai regardé Alice. Elle m'a regardée. J'ai reniflé un bon coup, puis je me suis essuyé le nez du revers de la main.

– Beurk ! a commenté Alice.

Elle s'est mouchée avec grâce dans un morceau d'essuie-tout, puis elle a repris d'une petite voix toute triste :

– Perla… Perla, tu sais, je ne pleure pas pour rien…

– Je m'en doutais, ai-je répondu.

J'avais l'impression de me retrouver debout sur le rebord de la fenêtre de papy, prête à tomber dans le vide.

– Je ne sais pas comment te le dire…

– Vas-y, crache le morceau, l'ai-je pressée.

Quand j'ai porté mes doigts à ses lèvres pour les faire bouger, elle a fait semblant de me mordre.

– Je ne suis pas très douée en crachat. Contrairement à toi. (J'ai remporté le titre de championne toutes catégories du concours de crachat qui se tient derrière la remise à vélos de l'école.)

Nous avons laissé échapper un petit rire sans cesser de pleurer.

– Tu veux que je crache le morceau à ta place ? ai-je proposé. Je ne suis plus ta meilleure amie, c'est ça ?

– Non, pas du tout ! s'est exclamée Alice, mais elle avait l'air surprise que j'aie deviné.

– C'est pas grave. Je comprends. Moi-même, je crois que je ne voudrais pas de moi comme meilleure amie. Je parle trop, je fais trop de bruit, je ne tiens pas en place, je casse tout ce que je touche et j'énerve tout le monde.

– Non, tu ne m'énerves pas. Je veux que tu sois ma meilleure amie pour la vie, seulement…

– Seulement quoi ? C'est quoi, ton grand secret, Alice ? Allez, dis-moi.

– Comment sais-tu que j'ai un secret ?

– Euh… désolée, je sais que ça ne se fait pas et que tu ne vas vraiment plus vouloir être mon amie maintenant, mais j'ai lu ton journal intime. Juste une ligne ou deux. Hier soir. Enfin, j'y avais déjà jeté un coup d'œil une ou deux fois mais tu n'avais jamais écrit de secret avant…

– Perla, chut. Arrête…

Elle m'a pris la main.

– Tu es toujours mon amie. Sauf que tu as intérêt à ne plus regarder dans mon journal intime, sale petite curieuse ! J'ai promis à mes parents de ne le dire à personne, pas même à toi, avant que ce soit sûr. Mais tu vas le découvrir un jour ou l'autre de toute façon… Voilà, on va déménager.

– Déménager ?

C'était comme si la ceinture qui me comprimait le ventre s'était détachée d'un coup, me laissant respirer librement.

– C'est tout ? Oh, Alice, ce n'est rien. Où vas-tu habiter ? Ne t'en fais pas, même si c'est à l'autre bout de la ville, papa m'emmènera en taxi, pas de problème.

– On part en Écosse.

– En Écosse ? Mais c'est à l'autre bout du pays !

Elle aurait aussi bien pu dire Tombouctou. Ou le désert de Gobi. Ou Mars !

La ceinture s'est refermée sur mon ventre, si serrée que je pouvais à peine respirer.

– Comment va-t-on faire pour se voir ?

– Je sais, je sais, c'est affreux…, a gémi Alice, fondant à nouveau en larmes.

– Et pour l'école ?

– Je vais aller dans une nouvelle école où je ne connaîtrai personne. Je n'aurai aucun ami.

– Mais pourquoi vous déménagez ?

– Mon père a trouvé un nouveau travail et ma mère veut partir là-bas parce qu'on aura une plus grande maison. Avec un immense jardin. Maman a dit qu'on m'installerait même une balançoire et une cabane dans un arbre.

– Papa doit m'en construire une, tu sais, quand il aura le temps, ai-je répondu. Ça devait être notre maison.

– Et je pourrai avoir tous les animaux que je veux.

– Mais ici, tu peux venir voir Dingo quand tu veux.

– Maman a dit que je pourrais peut-être même avoir un poney.

Là, j'étais prise de court.

– Un poney !

J'ai toujours rêvé d'avoir un poney. Quand j'étais petite, je faisais semblant de tenir les rênes et je galopais en m'imaginant que je montais Diamant, le cheval blanc de mes rêves. Je sais que, pour un cheval, on dit « gris » et pas « blanc », mais Diamant était blanc comme neige. Parfois il lui poussait des ailes et on s'envolait au-dessus de la ville, jusqu'à la mer, puis on galopait des heures sur la plage, frôlant les vaguelettes.

J'ai regardé Alice dans les yeux.

– Tu vas vraiment avoir un poney ?

– Maman a dit peut-être. Papa aussi, mais il n'a rien promis. Ce n'est pas encore sûr qu'on parte. Papa ne sait pas quand il commence son nouveau travail et on n'a pas signé tous les papiers pour la maison, alors on n'a pas encore prévenu les gens.

– Mais moi, je ne suis pas « les gens ». Je suis ta meilleure amie ! Pourquoi tu ne m'as rien dit ? Moi, je n'aurais pas pu garder le secret, j'aurais risqué d'éclater !

– Je sais, Perla. C'est justement pour ça. Tu l'aurais répété à tout le monde. Tu ne sais pas garder un secret.

– Si ! Enfin, des fois. De toute façon, ce n'est pas un vrai secret.

– On ne l'annoncera qu'au dernier moment parce que mes grands-parents vont hurler et essayer de nous empêcher de partir.

Ça m'a choquée.

– Quoi ? Vous n'allez pas les emmener avec vous ?

– Eh bien… Papa dit qu'on n'a pas le choix, a répondu Alice.

Je n'imaginais pas laisser mon papy tout seul ici. J'aurais préféré quitter mes parents que mon grand-père. Mais j'aurais laissé les trois pour pouvoir rester avec Alice.

– Tu m'abandonnes, ai-je soupiré.

Le visage d'Alice s'est assombri.

– Je ne sais pas comment je vais pouvoir le supporter, Perla. J'ai dit à mes parents que je ne pouvais pas partir, que tu allais trop me manquer. Ils m'ont ri au nez en répondant que j'allais me faire de nouveaux amis. Je ne veux pas de nouveaux amis, je ne veux pas te perdre.

– Mais on pourra rester amies. Et tu sais quoi ? Je viendrai te voir tous les week-ends. Je prendrai le train, ai-je affirmé, tout excitée.

– Impossible. Ça prend des heures et ça coûte une fortune.

– Plus de deux livres pour un billet enfant ? ai-je demandé.

J'ai deux livres d'argent de poche par semaine. Enfin, en théorie. En réalité, ça dépend de si j'ai été sage ou pas. Je me suis promis d'être une véritable petite fille modèle dorénavant.

Mais ça ne servait à rien.

– Ça coûte quarante-huit livres.

– Quoi !

– Et encore, en tarif réduit.

Il faudrait que j'économise pendant presque six mois pour un seul trajet.

– Qu'est-ce qu'on va faire ? me suis-je lamentée.

– On ne peut rien faire. Nous ne sommes que des enfants. Notre avis ne compte pas, a-t-elle constaté avec amertume.

– Enfin, tu as dit que ce n'était pas sûr sûr. Ton père n'obtiendra peut-être pas ce travail, finalement. Ou ils vendront la maison à une autre famille. Et tu resteras ici. Avec moi, ai-je décrété avec obstination, espérant que ça se réaliserait juste parce que je **le** voulais de toutes mes forces.

Je faisais ce même vœu chaque matin. Et je le demandais chaque soir dans mes prières. J'accomplissais toutes sortes de rituels bizarres pour qu'il se réalise. J'essayais de remonter la rue entière sans marcher sur les fissures du trottoir. Je comptais jusqu'à cinquante sans cligner des yeux. Je donnais un coup de pied dans chaque réverbère que je croisais en murmurant : « Je vous en prie-je vous en prie-je vous en prie. »

Mon grand-père commençait à s'inquiéter sérieusement.

– Qu'est-ce qui t'arrive, ma petite perle ?

– Rien, papy.

– Tu ne me feras pas avaler ça. Tu marches bizarrement, tu écarquilles les yeux comme si tu étais en transe, et tu vas saluer tous les lampadaires comme un petit chien. Visiblement, il y a quelque chose qui cloche.

– Bon, d'accord…

mais je ne peux pas te dire quoi, papy. J'aimerais, mais je ne peux pas.

– Tu ne peux même pas me le chuchoter à l'oreille ? Je ne me mettrai pas en colère, quoi que tu aies fait, ma puce, promis.

– Je n'ai rien fait, papy. Pas cette fois, ai-je soupiré.

– Ah, sacré changement, a haleté papy en grimpant les escaliers qui menaient à son appartement.

L'ascenseur était en panne, comme d'habitude, alors il fallait monter à pied jusqu'au vingtième étage.

J'ai essayé de sauter à cloche-pied, mais je n'ai pas tenu plus de trois marches. Ensuite j'ai voulu courir sans m'arrêter, mais ce n'était pas gentil de laisser papy tout seul derrière. Alors j'ai tenté de marcher sur la tranche du pied sans le poser à plat par terre.

– Tu devrais demander à ta mère de t'emmener acheter des chaussures samedi, a soufflé mon grand-père. Celles-ci sont trop petites, mon poussin, tu marches tout de travers avec.

– J'essaie de faire en sorte que ce foutu vœu se réalise, papy. Sauf que ça ne marche pas.

– Hé ! Ce n'est pas un très joli mot dans la bouche d'une petite fille.

– Tu le dis aussi. Tu dis même des trucs bien pires !

– Oui, mais je suis un vieux papy ronchon. J'ai le droit. Pas toi. Ta mère ne serait pas contente.

– Je m'en fiche, ai-je répliqué. Papy, pourquoi les parents peuvent faire ce qu'ils veulent de leurs enfants, leur dire ce qu'ils doivent faire, où ils doivent habiter et tout ça ? Pourquoi on ne leur demande jamais leur avis, aux enfants ?

– Tu verras quand tu auras mon âge, mon poussin. On ne te demande jamais ton avis non plus quand tu es vieux.

Papy a serré ma main dans la sienne.

– Tu es sûre que tu ne veux pas te confier à ton vieux grand-père, ma perle ? Je ne le répéterai à personne, je te le jure.

Je n'ai pas pu garder le secret plus longtemps. Il est sorti, comme ça, sans que je puisse le retenir, puis j'ai fondu en larmes. Papy m'a fait entrer dans son appartement, s'est assis dans son grand fauteuil moelleux et m'a prise sur ses genoux. Il m'a fait un gros câlin pour que j'arrête de pleurer, puis il m'a essuyé les yeux avec l'un de ses immenses mouchoirs en tissu tout doux.

Ensuite, il nous a préparé une tasse de thé.

– Tu veux un goûter ? Je parie que tu as un petit creux après toutes ces émotions.

Il m'a préparé une assiette avec un sandwich au sirop d'érable, une tranche de génoise fourrée à la fraise et un paquet de cookies aux perles de chocolat. Chaque fois que j'en mettais un dans ma bouche, je faisais le vœu qu'Alice ne parte pas. J'ai même fait un vœu pour chaque miette et pour chaque perle de chocolat qui restait dans le fond.

Mais ça n'a servi à rien. Le samedi, la mère d'Alice est venue à la maison avec sa fille. Alice était toute pâle et elle avait les yeux rouges, on voyait qu'elle avait beaucoup pleuré. Mais sa mère était tout excitée, elle avait à peine franchi la porte qu'elle claironnait déjà :

– On a quelque chose à vous annoncer ! On déménage !

Alice m'a lancé un regard entendu, pour que je prenne l'air surpris.

Ma mère paraissait complètement abasourdie, et celle d'Alice continuait à parler, parler, parler :

– Vous déménagez ? s'est étonnée maman. Vous vous installez en Écosse ? Oh, Karen, je n'arrive pas à le croire ! C'est juste un projet ou tout est déjà arrangé ?

– On en parle depuis plusieurs mois, mais on ne voulait rien dire tant que ce n'était pas sûr. Bob a trouvé un poste extraordinaire et nous allons acheter une superbe maison avec un immense jardin. C'est beaucoup moins cher là-bas et, en plus, Bob a obtenu une augmentation de salaire conséquente. C'est l'endroit idéal pour élever des enfants, la campagne est tellement belle. On ne pouvait pas laisser passer une occasion pareille, tu penses. Mais ça va quand même nous faire quelque chose de partir. Vous allez vraiment nous manquer.

– Vous aussi, a répondu maman en serrant Karen dans ses bras.

Puis son regard s'est posé sur Alice.

– Et toi, ma puce, tu vas terriblement manquer à Perla ! Et l'inverse aussi, j'en suis sûre.

Alice a hoché la tête tristement, les joues ruisselantes de larmes.

– Oh, Alice, ça suffit ! a fait sa mère. Tu es contente de déménager. Tu as envie d'avoir un poney, non, ma chérie ? Et une grande chambre qui donne sur le jardin avec des lits superposés tout neufs…

– Je pourrai venir dormir alors, s'il y a des lits superposés ? ai-je demandé.

– Perla ! a grondé ma mère.

– Bien sûr, ma puce. Ce serait merveilleux.

– Je pourrai venir quand ? ai-je insisté.

– Perla, tu vas te taire ! s'est énervée maman.

– Hum… pendant les grandes vacances, peut-être, a proposé la mère d'Alice.

Les grandes vacances ? C'était dans des mois !

Et dire que je trouvais déjà le temps long quand je ne voyais pas Alice de la journée.

Je me suis imaginée en classe, assise à côté d'une place vide.

Je me suis imaginée à la récréation, toute seule, sans personne à qui parler.

Je me suis imaginé les week-ends, sans personne qui viendrait jouer à la maison.

Je me suis imaginé le jour de notre anniversaire. Depuis notre naissance, on avait toujours soufflé nos bougies ensemble en faisant un vœu…

Et tous ces vœux ne se réaliseraient jamais !

J'ai fixé la mère d'Alice. Elle ouvrait et fermait la bouche comme un poisson rouge et bla-bla-bla et bla-bla-bla. Elle allait faire installer un fourneau à l'ancienne dans sa cuisine intégrée style campagnard, chacun aurait sa salle de bains et ses toilettes personnelles, et puis il y avait un barbecue en dur sur la terrasse et un jardin assez grand pour y mettre un poney.

Alice aurait une enfance de conte de fées !

J'avais envie de la bâillonner, de la faire cuire dans son fourneau à l'ancienne, de la jeter dans ses « toilettes personnelles » et de tirer la chasse, de l'embrocher sur son barbecue et, pour finir, j'enfourcherais le poney d'Alice pour la piétiner à mort.

Justement, Alice était recroquevillée dans un coin, en train de renifler. Elle n'avait pas envie de vivre dans une immense maison avec un immense jardin. Elle ne voulait pas avoir de poney, même, pas s'il fallait pour cela qu'on soit séparées.

J'ai pris une profonde inspiration, comme si je m'apprêtais à souffler mes bougies d'anniversaire toute seule pour la première fois. Et j'ai hurlé :

– TOUT ÇA, C'EST DE TA FAUTE !

Karen a sursauté. Maman s'est jetée sur moi et m'a prise par les épaules.

– Tais-toi, Perla.

– Non, je ne me tairai pas ! ai-je rugi. C'est pas juste. Je te déteste, Karen. Tu m'arraches ma meilleure amie, tu es sans cœur !

Maman m'a secouée fort, elle m'a enfoncé ses ongles dans la chair.

– Perla, ça suffit ! Arrête !

Mais je ne pouvais pas m'arrêter. Je hurlais à pleins poumons. Arthur et Aïcha, qui étaient dans le jardin, sont arrivés en courant. Papa est descendu en robe de chambre. Même Jack est sorti de sa chambre et, dans la cuisine, Dingo s'est mis à aboyer comme un fou. Mais je hurlais encore plus fort que lui. Plus maman me secouait, plus je criais.

Arthur m'a empoignée sous les aisselles et m'a soulevée de terre. Je me débattais, je lui donnais des coups de pied, mais il m'a sortie de la pièce et m'a portée jusqu'à ma chambre. Là, il s'est assis sur mon lit, et m'a enveloppée dans ma couette dauphin, comme un petit bébé.

Il m'a bercée doucement, en caressant ma coupe brosse à récurer, et moi, je n'arrêtais pas de pleurer. J'avais beau sentir qu'il me serrait dans ses bras, j'avais l'impression de tomber, tomber, tomber, de m'enfoncer plus profond que les dauphins de ma couette, dans les abîmes de l'océan, toute seule, dans le noir..

Chapitre 4

Avant leur départ, les parents d'Alice ont organisé une petite fête pour dire au revoir à tout le monde.

– Ils sont bien gentils de t'avoir invitée, a commenté ma mère en me fixant d'un œil noir. Après la scène de l'autre jour… Tu hurlais comme une possédée, je ne savais plus où me mettre. Recommence ce cirque, jeune demoiselle, et tu gagnes une bonne vieille fessée !

– Enfin, chérie, est intervenu papa, notre pauvre Perla était bouleversée.

– Eh bien, si elle n'a pas un comportement irréprochable à cette fête, je te promets qu'elle aura une bonne raison de hurler, cette fois, a répliqué maman. Tu as intérêt à bien dire « s'il vous plaît » et « merci », Perla, à rester assise bien sagement au lieu de courir partout, à ne pas dire un mot plus haut que l'autre, à manger proprement et à ne rien renverser sur ta robe.

– Quelle robe ?

– Ta robe de fête, bécasse !

– Pas question que je porte cette horreur.

Ma mère m'avait acheté cette affreuse robe jaune à froufrous en solde l'an dernier. Elle était grotesque. Arthur et Jack avaient hurlé de rire lorsque je l'avais essayée. Papa avait dit que je ressemblais à une petite jonquille… avant d'éclater de rire lui aussi.

Je l'avais vite enlevée pour la fourrer dans le fond de mon placard en espérant ne jamais être invitée à une fête assez chic pour la porter.

— Ce n'est pas un cocktail, ai-je protesté. On sera dans le jardin. Alice ne va pas être habillée chic. Oh, maman, je t'en supplie, je suis ridicule là-dedans.

— Tu vas faire ce qu'on te demande. C'est l'occasion rêvée de porter cette robe avant qu'elle ne soit trop petite.

Je parie qu'elle savait très bien que les autres

enfants seraient en jean ou en short. Elle me punissait pour la scène que j'avais faite devant Karen.

Mais si je discutais trop, elle m'interdirait carrément d'aller à la fête. Il fallait que je sois plus subtile. J'ai enfilé un T-shirt et un short sous cette horreur jaune, prête à l'ôter dès que j'en aurais l'opportunité.

J'ai quand même dû la mettre pour me rendre là-bas. C'était encore pire qu'avant ! Comme j'avais grandi, elle me sciait sous les bras et elle était trop courte.

– Évidemment, tu as les genoux tout égratignés, a remarqué maman en tirant sur l'ourlet pour essayer de l'allonger. Tiens-toi droite, Perla. Ta robe est toute tire-bouchonnée.

Les grosses bosses, c'était à cause du T-shirt et du short que je portais en dessous. J'ai vite filé avant que maman ne le découvre en soulevant la robe. En me voyant, papa m'a encore traitée de jonquille. Je pensais qu'Arthur et Jack allaient à nouveau exploser de rire, mais je faisais une telle tête qu'ils ont eu pitié de moi. Jack a haussé les épaules, l'air désolé, et Arthur m'a tapé dans le dos.

Ça m'a fait tout drôle quand je suis arrivée chez Alice. Ce n'était déjà plus comme avant, avec tous ces cartons empilés dans le salon et les traces pâles que les tableaux avaient laissées sur le papier peint.

Je n'ai pas repéré Alice parmi les invités, elle n'était ni dans le jardin, ni dans la cuisine. Sa mère la cherchait également.

– Où es-tu passée, Alice ?

Elle commençait à avoir l'air légèrement agacée.

Moi, je me doutais bien d'où mon amie se cachait.
Je suis montée dans sa chambre. Elle paraissait tellement vide ! Tout était déjà empaqueté dans des cartons ou de grands sacs poubelle au milieu de la pièce.
J'ai ouvert son placard. Alice était assise en tailleur
dans le noir, serrant Pot-de-Miel sur son cœur tout
en frottant sa peluche usée contre sa joue, comme
quand elle était petite.

– Oh, Alice !

Je me suis fait une petite place à côté d'elle. Nous
nous sommes blotties l'une contre l'autre, avec Pot-
de-Miel entre nous. Les robes, jupes et jeans d'Alice
nous frôlaient le sommet du crâne et ses chaussures,
baskets et chaussons de danse nous faisaient mal aux
fesses.

– Je ne veux pas partir, a-t-elle avoué, impuissante.

– Je ne veux pas que tu partes.

– Ça y est, c'est pour de vrai, maintenant. J'ai dû faire mes cartons ce matin. J'avais l'impression de ranger nos affaires à nous, parce qu'on a toujours joué avec ensemble. Maman veut que je me débarrasse d'un tas de choses : mes vieilles Barbie, mes feutres, mes petits ours. Pour elle, ils sont bons à jeter, mais moi, j'y tiens.

– Elle a raison : ils sont bons à jeter, j'ai tout abîmé. J'ai pratiquement scalpé toutes tes Barbie en voulant leur couper les cheveux. J'ai appuyé si fort sur les feutres vert et bleu pour dessiner le ciel et l'herbe que la pointe est écrabouillée. J'ai voulu apprendre à nager à tes petits ours dans l'évier de la cuisine et, depuis, ils ne sont plus doux du tout. Sans le vouloir, j'abîme toujours toutes tes affaires.

– Non, c'est pas vrai. Enfin, si, mais ça m'est égal, tu inventes toujours des jeux tellement drôles. Avec qui vais-je pouvoir jouer en Écosse, Perla ?

J'ai animé Pot-de-Miel comme une marionnette pour qu'il lui fasse un gros bisou sur le nez.

– *Tu pourras jouer avec moi, à condition que tu me fasses de bonnes tartines de miel*, ai-je dit en prenant une voix de petit ours.

– Alice ? Alice ? Où es-tu ?

Nous avons entendu Karen ouvrir la porte, puis elle l'a claquée en poussant un soupir exaspéré.

– Ma mère a l'air très en colère, a chuchoté Alice, paniquée.

– La mienne est toujours en colère après moi, ai-je

répliqué en grattant une croûte sur mon genou. Quand vas-tu dire où tu es ?

— Jamais, je ne l'aime plus.

— Et moi, je n'ai jamais aimé la mienne.

— Alors on n'a qu'à rester là. J'aimerais qu'on puisse passer notre vie entière ici ensemble, toutes les deux.

— Ouais, c'est ça, ai-je acquiescé. Ils n'ont qu'à partir au fin fond de l'Écosse, mais toi, tu vas rester vivre ici dans ton placard. Et je vais venir m'installer avec toi. On enverra Pot-de-Miel nous chercher des provisions.

J'ai pris la peluche et je lui ai fait hocher la tête.

— *Des tartines de miel, miam, miam.*

— On ne peut pas se nourrir exclusivement de tartines de miel.

— *Si, c'est très nourrissant*, a répondu l'ours.

Alice l'a repoussé.

— Perla, je suis sérieuse. Les tartines de Pot-de-Miel, c'est pour de semblant. Comment pourrait-on se procurer à manger, vraiment ? Et si tu descendais pour faire discrètement ton marché au buffet ? Il y a des tonnes et des tonnes de choses. Maman a passé sa journée dans la cuisine hier. Comme ça, on pourrait tenir quelques jours.

— T'es pas bien, Al. On ne peut pas vivre dans ton placard, de toute façon. Ils vont finir par nous trouver.

— Eh bien, on n'a qu'à s'enfuir alors. (Alice m'a prise par la main.) Allez, Perla. On n'a qu'à partir toutes les deux.

– Oui, *onaka* ! Sauf qu'ils vont nous chercher, tu ne crois pas ? Nos mères vont piquer une crise, aller à la police et leur donner notre description. « Disparues : une fillette aux longs cheveux blonds vêtue de rose et une fillette coiffée comme un épouvantail avec une affreuse robe jaune à froufrous. » Enfin… je peux l'enlever.

– Voilà, on n'a qu'à se déguiser, a proposé Alice, surexcitée. Je peux mettre la natte noire de Chinoise que je portais pour mon spectacle de danse. Ah, c'est bête que je n'aie pas une deuxième perruque.

– Pas besoin de perruque, ai-je décrété en m'extirpant de mon affreuse robe pour révéler mon short et mon T-shirt. Je peux me faire passer pour un garçon.

– Excellente idée ! Tu n'as qu'à mettre ma casquette de base-ball, ça fera encore plus garçon. Moi,

je vais m'habiller avec un vieux haut et une vieille jupe. Je pourrais peut-être même les déchirer un peu, pour avoir l'air d'une grosse dure.

Elle a eu beau faire un trou dans son T-shirt avec ses ciseaux de couture, elle n'avait franchement pas l'air féroce avec sa perruque noire brillante et son ensemble rose.

– Maman sera furieuse quand elle verra ça, a-t-elle dit en passant son doigt dans le trou.

– Elle ne le verra pas puisqu'on part seulement toutes les deux, Al.

Je me suis interrompue et je me suis écriée avec la voix de Pot-de-Miel :

– *Et moi alors ?*

– Tu crois qu'on devrait emporter un sac ? m'a demandé Alice. Avec un pyjama, des culottes propres, des affaires de toilette ?

Sa mère est à nouveau passée sur le palier en l'appelant. Elle avait l'air sacrément énervée.

– On n'a pas le temps de préparer un sac, ai-je tranché, mais par contre ce serait bien si tu pouvais prendre un peu d'argent.

– Pas de problème, a-t-elle affirmé en s'attaquant au ventre de son cochon en porcelaine.

Ayant délogé le petit rond de plastique, elle a versé ses économies dans sa paume : plusieurs billets de cinq et dix livres ainsi qu'une pluie de pièces.

– Waouh ! me suis-je exclamée. On est riches !

Nous avons rempli nos poches de sous, puis tendu

l'oreille. La mère d'Alice semblait être redescendue, on ne l'entendait plus.

– Je crois que la voie est libre, ai-je annoncé. Allons-y !

Nous nous sommes faufilées hors du placard. Alice avait pris Pot-de-Miel sous son bras. Elle regardait avec envie sa boîte à bijoux, son kit de maquillage et la poupée de ma grand-mère assise toute raide sur son étagère.

– Si on emportait aussi Mélissa ? a-t-elle proposé. Elle est à nous deux.

– Non, ce serait trop encombrant. Et puis un garçon et une fille rebelles ne se trimballent pas avec une poupée en porcelaine. On va déjà avoir l'air bizarre avec ton ours, mais il est tellement déglingué que ça passera.

Pot-de-Miel m'a donné un coup de patte.

– *Parle pour toi. C'est toi qui es déglinguée*, a-t-il répliqué. *J'ai une idée, les filles. On pourrait se faire embaucher dans un cirque où je ferais un numéro d'ours star. Et vous seriez mes dresseuses. Tu pourrais porter un haut-de-forme et une queue-de-pie, Perla. Et toi, un tutu rose à paillettes, Alice.*

J'ai repris ma vraie voix pour compléter :

– Ou alors on pourrait fonder notre propre cirque, non ? Moi, je ferais du trapèze, du trampoline et je marcherais sur un fil, ce serait génial, et toi, tu pourrais jouer à l'écuyère sur un beau cheval tout blanc.

– On dit gris.

– Je sais, mais c'est idiot s'il est blanc. Hé, ça pourrait être un cheval avec des ailes comme Pégase et tu t'envolerais jusqu'au plafond du chapiteau…

– Ça n'a pas de plafond, un chapiteau.

– Alice, tu vas arrêter ? On joue, là.

– Non, on ne joue pas. C'est la réalité. Pour de vrai. On est vraiment en train de s'enfuir, non ?

Ma gorge s'est serrée. Je croyais qu'on faisait semblant. Ce serait extrêmement dangereux de s'enfuir toutes seules. Papa et maman seraient fous d'inquiétude. Arthur aussi. Et même Jack. Soudain, j'ai pensé à papy : comment réagirait-il ? Il n'était pas en très bonne santé. Il avait déjà du mal à respirer dès qu'on marchait un peu vite. Et il fallait qu'il s'arrête régulièrement pour se reposer quand on montait les escaliers. Et s'il avait une crise cardiaque en apprenant que j'avais disparu ?

Mais Alice m'a pris la main, elle me regardait avec ses grands yeux bleus suppliants. Je ne pouvais pas la laisser tomber.

– Bien sûr qu'on s'enfuit vraiment, ai-je affirmé en lâchant Pot-de-Miel pour montrer que je ne plaisantais plus. Allez, viens. On y va.

Nous sommes sorties de la chambre sur la pointe des pieds, tendant l'oreille. Pas de trace de la mère d'Alice. Elle la cherchait peut-être dans le jardin. Nous avons dévalé les escaliers à toute allure, bousculant un vieil oncle au passage, et franchi la porte avant qu'il ait pu réagir.

Nous avons couru jusqu'au portail que j'ai enjambé pour crâner un peu, puis j'ai pris la main d'Alice et nous nous sommes élancées dans la rue. Ça faisait bizarre, d'être toutes seules dehors ! La rue d'Alice avec sa rangée de maisons blanches bordées de jardins bien entretenus et de haies bien nettes se transformait soudain en jungle où les lions rôdaient dans l'ombre et où les serpents se faufilaient entre les lianes.

– Ne t'en fais pas, Alice. Ça va aller, ai-je assuré.
– Continue à courir, au cas où ils nous suivraient.
Alors on a couru, couru, couru. Moi, j'ai l'habitude, alors je n'avais pas trop de mal. Mais Alice déteste ça. Arrivée au bout de la rue, elle était déjà toute rouge, avec la perruque de travers.
– On pourrait ralentir, maintenant, ai-je proposé.
– Non… ! Plus… loin ! a-t-elle haleté.
Alors on a continué de courir. Alice était écarlate et sa perruque lui tombait tellement dans les yeux qu'elle voyait à peine où elle allait

Nous sommes passées devant les boutiques. J'avais envie de proposer à Alice d'aller acheter des bonbons, mais ce n'était pas le moment idéal. J'ai préféré essayer d'oublier que je mourais de faim.

Nous sommes passées devant le square où nous faisions de la balançoire en maternelle. Puis nous sommes passées devant notre école, bien entendu fermée le dimanche.

– L'avantage, c'est que, maintenant, on ne sera plus obligées d'aller à l'école, ai-je remarqué, entre deux inspirations.

Alice était tellement essoufflée qu'elle ne pouvait pas parler, mais elle a hoché la tête.

Nous sommes arrivées en bas de la rue, devant l'église avec son grand carillon.

– Nous nous sommes enfuies il y a un quart d'heure, ai-je constaté en regardant autour de moi. Al, ils ne nous suivent pas, je t'assure. Ils ne s'apercevront pas qu'on est parties avant une éternité. Plus la peine de courir.

Alice s'est arrêtée. Elle était carrément violette. On voyait les veines ressortir sur son front. Elle avait l'air paniquée. Elle s'est adossée au mur, en se tenant les côtes. Elle avait encore plus de mal à respirer que papy.

– Tu as un point de côté ? Penche-toi en avant, ça ira mieux, lui ai-je conseillé en lui tapant dans le dos.

Alice s'est pliée en deux. Elle paraissait tellement faible, j'avais peur qu'elle finisse par s'écrouler et se cogner la tête par terre. Je l'ai prise par la taille pour la retenir.

– Là, ça va mieux ? ai-je demandé au bout de quelques secondes.

– Non… pas vraiment.

– Assieds-toi, ai-je suggéré.

Je voulais dire sur le muret, derrière nous, mais Alice s'est assise sur le trottoir, sans même s'inquiéter de salir sa jupe. En fait, elle s'est carrément allongée par terre, les mains sur la poitrine, les yeux fermés.

– Ça va ? s'est inquiétée une dame avec une poussette.

– Oui, oui, ai-je assuré.

Mais Alice n'avait franchement pas l'air en forme. On aurait dit qu'elle était morte. Je l'ai poussée du bout du pied.

– Allez, redresse-toi, Al. Arrête de faire l'andouille.

Alice s'est assise tant bien que mal.

Elle a essayé de sourire à la dame pour lui prouver

qu'elle allait bien, mais ce n'était pas vraiment convaincant.

— Où est ta maman, ma puce ? a demandé la dame.

Alice s'est mordu les lèvres.

— Dans le magasin, là-bas, me suis-je empressée de répondre.

Je l'ai prise par le bras.

— Allez, viens, on va retrouver ta mère.

Je l'ai aidée à se relever et forcée à me suivre en titubant.

— Pas… si… vite… Je… n'arrive… pas… à… respirer.

— Oui, je sais, mais cette dame commence à nous regarder d'un drôle d'air. On ne doit pas attirer l'attention, sinon ils vont nous repérer. Il faut qu'on fasse attention.

— Tu… parles… Tu… lui… as… dit… mon… nom.

— Non, c'est pas vrai.

— Si. Tu l'as dit ! Tout haut. Tu as dit « Al ».

— Oui, bon, ça pourrait être le diminutif de n'importe quel prénom. Alexandra. Ou Alicia. Ou… ou Ali Baba.

— Arrête !

— Il faudrait peut-être qu'on se trouve de nouveaux noms, pour détourner les soupçons. Maintenant, je suis un garçon et je m'appelle… Michael.

Pour moi, Michael Owen est le meilleur joueur de foot du monde.

– D'accord, Michael, a pouffé Alice (elle avait enfin retrouvé son souffle). Et moi, alors, comment je vais m'appeler ? Britney ? Kylie ? Sabrina ?

– Tu ne cites que des blondes ! Tu es brune maintenant, ai-je remarqué en remettant sa perruque en place. Et si tu choisissais un nom chinois ?

– Je n'en connais pas. Et puis, je suis vraiment obligée de porter une perruque ? Ça tient chaud et ça gratte.

– C'est capital ! ai-je affirmé. Ils vont bientôt annoncer notre disparition à la télévision. Ils diront que tu as de longs cheveux blonds et c'est ce que retiendront les gens. Avec ta natte brune, personne ne pourra te reconnaître.

Alice a soupiré et soufflé sur sa frange pour se rafraîchir, mais elle n'a pas insisté.

– Tu ressembles un peu à Justine dans l'histoire de Jenny Bell. Tu pourrais t'appeler Justine, c'est cool, comme prénom.

– OK, va pour Justine. Oui, ça me plaît bien. Donc, dorénavant, nous sommes Michael et Justine !

– Voilà ! Et si jamais on doit aller dans une nouvelle école, je me ferai inscrire sous le nom de Michael, comme ça, je serai dans l'équipe de foot et je pourrai avoir ma bande. Mais je continuerai à jouer avec toi à la récréation, Al… Justine.

– Oui, mais… dans quelle école ?

– On verra…, ai-je répondu évasivement.

– Où va-t-on ?

Je me suis creusé la tête. Où pouvait-on aller ? J'ai passé en revue les endroits où j'étais allée en vacances ou en week-end. Je me rappelais un immense magasin de jouets, une gigantesque grande roue et un musée avec des dinosaures gigantesques.

– En route pour Londres ! ai-je décrété. Viens, on va à la gare. On a plein de sous, on va prendre le train.

Chapitre 5

En voulant aller à la gare, nous nous sommes perdues. Alice pensait que c'était à côté de l'église où va sa grand-mère parce qu'elle avait entendu des trains passer pendant qu'elle était censée prier. J'étais pratiquement sûre qu'elle se trompait, mais le moment semblait mal choisi pour se disputer, alors nous nous sommes rendues à l'église.

– Et si ta grand-mère nous voit ?

– Elle est à la maison, en train de faire la fête, je te rappelle. Elle est allée à la messe ce matin, je crois que c'est fermé l'après-midi.

Mais ce n'était pas fermé. Il y avait un monde fou qui bavardait et prenait des photos sur la pelouse, les dames en belle robe à fleurs et chapeau à voilette, les hommes engoncés dans leur costume avec leur col de chemise trop serré.

– C'est un mariage ? ai-je demandé.

Puis j'ai aperçu une dame bien en chair dans une robe à froufrous rose (on aurait dit une meringue

géante). Elle avait dans les bras un petit bébé qui portait une longue chemise de nuit blanche en dentelle.

– Oh, je sais, c'est un baptême !

J'avais assisté au baptême d'Alice. Maman m'avait préparé un grand biberon de lait pour que je me taise et j'avais tout vomi sur son tailleur mauve. Autant vous dire qu'elle n'était pas contente du tout. J'avais offert à Alice une tasse, un bol et une assiette avec des petits lapins. Elle les a toujours, ils sont bien en sécurité dans la vitrine à porcelaines de sa mère, dans le salon. Alice aussi était venue à mon baptême. J'avais faim parce que, cette fois, maman n'avait pas osé me donner mon biberon avant. J'avais pleurniché pendant toute la cérémonie et quand le pasteur m'avait aspergée d'eau, je m'étais mise à hurler. Je me débattais tellement qu'il avait du mal à me tenir dans ses bras. Maman n'était pas contente du tout du tout.

Alice m'avait offert une tasse, un bol et une assiette avec des petits lapins. J'avais fait tomber la tasse la première fois que j'avais été assez grande pour boire dedans. Elle s'était cassée en mille morceaux. J'avais fait des pâtés de boue avec le bol, si bien qu'on avait dû le jeter. En revanche, l'assiette, je l'ai toujours, mais elle est fêlée et le bord est ébréché.

– Pourquoi je gâche toujours tout, Alice ? ai-je soupiré.

– Je m'appelle Justine.

– Oups ! me suis-je écriée en regardant anxieusement les gens autour de moi. Moi, je m'appelle Michael.

– Allez, viens, Michael, a dit Alice en insistant sur mon nouveau prénom.

– D'accodac, Justine, ai-je répliqué.

J'essayais de marcher comme un garçon, un peu à la cow-boy.

– Alice ! Perla !

Un garçon énorme courait vers nous en hurlant nos noms. Je ne l'ai pas reconnu tout de suite parce qu'il était boudiné dans un petit costume gris, tout froissé et tout fripé. Il ressemblait à un bébé éléphant.

– Oh non, a murmuré Alice.

– Eh si ! ai-je soupiré.

Le bébé éléphant n'était autre que ce bon vieux Biscuit, le garçon de ma classe.

– Pourquoi tu marches comme ça, Perla ? s'est-il inquiété. Et toi, Alice, pourquoi tu as cette drôle de perruque sur la tête ?

– La ferme, Biscuit. On est déguisées, ai-je soufflé. Je suis un garçon.

Biscuit nous a dévisagées.

– Toi aussi, t'es un garçon, Alice ?

– Non, c'est une fille, espèce d'imbécile. Elle porte une robe. Mais elle a une natte noire, tu vois, elle est déguisée aussi.

– Tais-toi, Perla. Ne lui raconte pas, est intervenue Alice en me tirant par la manche.

Elle n'a jamais tellement aimé Biscuit. Ça l'énerve quand on se lance des défis, lui et moi.

– Allez, vas-y, Perla. Raconte. Ça m'intéresse. Qu'est-ce que vous fabriquez ?

– Dis-nous plutôt ce que tu fabriques avec ce costume ridicule, ai-je répliqué.

– Ouais, je sais. J'ai l'air d'un parfait crétin, a reconnu Biscuit. C'est ma mère qui m'a obligé.

Il a montré du menton la grosse meringue qui tenait le petit bébé.

– Voilà ma mère et ma petite sœur, Polly. Elle vient de se faire baptiser. On va faire une fête à la maison. Il y aura six sortes de sandwichs différents, des chips, des minisaucisses et tout. Sur le gâteau, c'est écrit POLLY, avec un petit bébé en pâte d'amande rose. Comme j'ai aidé maman à le faire, elle m'a promis que je pourrais manger le petit bébé.

– Beurk ! a commenté Alice.

Elle a de nouveau tenté de m'entraîner.

– Allez, viens.

– Vous allez où ? a voulu savoir Biscuit. Où sont vos parents ? Vous êtes toutes seules ?

– Non, a répondu Alice, ma mère est au coin de la rue…

Mais elle ne ment pas aussi bien que moi.

– C'est ça ! a répliqué Biscuit. Au coin de quelle rue ? Hé, vous deux ! vous n'avez pas fugué, quand même ?

Nous nous sommes figées.

– Non, ne dis pas de bêtises !

– Désolé, je suis bête, c'est ma spécialité, a répliqué Biscuit en louchant, la langue pendante.

Puis il a repris son sérieux.

– Si ! Vous avez fugué ! C'est vous qui êtes bêtes. Tout ça parce qu'Alice déménage, pas vrai ?

– Non, pas du tout. On n'a pas fugué, ça va pas, ai-je affirmé, furieuse qu'il ait si vite deviné ce qui se tramait.

Il est comme ça, Biscuit. Il fait tellement l'andouille tout le temps qu'on finit par oublier qu'au fond, il est drôlement intelligent.

– Tu mens, Perla. Je sais toujours quand tu mens. Tu te rappelles quand on a fait le concours du sandwich le plus bizarre ? Tu as mangé mon sandwich choux de Bruxelles-crème anglaise en affirmant que tu n'avais pas mal au cœur du tout, et que s'est-il passé ensuite ?

— Tais-toi, ai-je protesté faiblement, l'estomac retourné par ce simple souvenir.

— Occupe-toi de tes affaires, Biscuit, a ordonné Alice. Allez, viens, Perla, on y va !

— C'est juste un jeu, hein ? a insisté Biscuit. Vous n'êtes quand même pas dingues au point de le faire pour de vrai ? Comment allez-vous vous débrouiller pour manger ?

— Ça m'aurait étonnée, c'est à ça que tu penses en premier ! ai-je répliqué. Ne t'inquiète pas, on est riches. Secoue tes poches, Al.

— Mais où allez-vous habiter ? Qui va s'occuper de vous ? Qu'allez-vous faire si un dangereux maniaque vous tombe dessus ?

— On va prendre le train pour Londres. On s'occupera de nous toutes seules. Et si un dangereux maniaque s'approche de nous, je lui cracherai à la figure et je lui donnerai un coup de pied, ai-je répondu avec violence, laissant Alice m'entraîner.

Biscuit nous criait de revenir. Sa mère s'est tournée vers nous ainsi que certains invités.

— Oh, bon sang, on ferait mieux de courir…

Alors on s'est remises à courir. De plus en plus vite. Encore et encore. Alice est redevenue toute rouge. Elle se tenait le ventre, elle devait avoir un énorme point de côté. Comme moi. Mais si on s'arrêtait, ils nous attraperaient. On a dévalé la rue, sans oser se retourner pour voir si on était suivies. En arrivant au carrefour, j'ai vu un bus avec une pancarte « GARE » sur le devant.

– Vite, Alice. Il faut qu'on le prenne.

Le bus a fait presque tout le tour de la ville pour rejoindre la gare, mais c'était tant mieux parce que ça nous a laissé le temps de reprendre notre souffle, affalées sur une banquette.

– Je me demande pourquoi tu as voulu jouer au plus malin avec cet imbécile de Biscuit, m'a reproché Alice. Je ne peux pas le sentir.

– Il est sympa. Mais qu'est-ce qu'il était ridicule avec ce costume !

– Il est tout le temps ridicule. Il est tellement gros, a répliqué Alice en gonflant les joues pour l'imiter.

– Ce n'est pas de sa faute.

– Bien sûr que si ! Il n'arrête pas de s'empiffrer toute la journée.

– À ce propos, je meurs de faim ! On aurait dû partir après le barbecue, ai-je remarqué en frottant mon ventre qui gargouillait.

– On s'achètera un truc à grignoter en descendant du bus. Si un jour on arrive à la gare !

Nous nous sommes levées d'un bond pour sonner la cloche dès que le bus s'est engagé dans l'avenue de la Gare. Mais nous étions un peu trop pressées, car en réalité l'avenue de la Gare est interminable. En chemin, nous sommes entrées dans une épicerie. J'ai pris un Mars géant, une tablette de chocolat, des chips au sel et au vinaigre et un Cornetto. Alice s'est contentée d'un paquet de marshmallows roses et blancs. À mon avis, elle les a choisis parce qu'ils étaient d'une jolie couleur. Elle n'en a mangé qu'un ou deux, alors je l'ai aidée.

– Tu devrais faire attention ou tu vas finir par ressembler à Biscuit, m'a menacée Alice.

– Le pauvre, tu as vraiment une dent contre lui, ai-je dit en me faisant un délicieux sandwich chocolat-marshmallow. Peut-être que ça serait bien que je grossisse un peu de toute façon. Il faut que je change d'apparence pour ne pas qu'on me reconnaisse. Si je pouvais pousser en hauteur plutôt qu'en largeur, je pourrais trouver un travail et gagner un peu d'argent.

J'avais vu des garçons qui donnaient un coup de main sur le marché, ils portaient des cageots, triaient les marchandises. Je courais vite, je pourrais me rendre utile.

— Je vais trouver un petit boulot, ai-je promis en serrant la main d'Alice dans la mienne.

— Tu es toute poisseuse, a-t-elle protesté, mais elle l'a prise quand même. D'accord, si tu travailles, moi, je ferai les courses, la cuisine et je m'occuperai de la maison. Je sais cuisiner. Enfin, je sais faire les œufs durs et réchauffer les conserves, comme les haricots à la tomate, par exemple.

— J'adore les haricots en boîte ! ai-je affirmé.

Mais je pensais à ce qu'elle avait dit sur « s'occuper de la maison ». Quelle maison ?

Alice avait suivi le cours de mes pensées.

— Où va-t-on vivre, Perla ? a-t-elle demandé d'une petite voix, au bord des larmes.

— Pas de problème, ai-je répondu d'un ton assuré.

Je ne supporte pas de voir Alice pleurer (et pourtant ça lui arrive souvent).

— Il doit y avoir plein de maisons vides à Londres. Il suffit d'en trouver une et de s'introduire à l'intérieur. Je passerai par une fenêtre, je suis douée pour l'escalade, tu sais. On la nettoiera, on l'arrangera bien pour en faire notre petit chez-nous. Comme quand on était petites et qu'on construisait des cabanes en carton dans le jardin, tu te souviens ?

— Oui, a répondu Alice, mais les larmes roulaient sur ses joues.

Nous savions toutes les deux que ça ne tenait pas

debout. Il ne s'agissait pas de jouer à la dînette avec des Barbie et des peluches, comme des gamines de cinq ans. Nous avions fugué. Nous n'avions nulle part où aller à Londres. Et le dangereux maniaque de Biscuit me trottait dans la tête.

— Londres, nous voilà ! me suis-je exclamée en apercevant la gare tout au bout de l'avenue.

Nous marchions d'un bon pas, main dans la main, en échangeant des sourires encourageants. Alice avait encore le visage baigné de larmes, mais on faisait semblant de ne pas le remarquer. Nous sommes entrées dans la gare et nous nous sommes présentées au guichet.

— Deux billets enfant pour Londres, s'il vous plaît, ai-je dit d'un air détaché.

J'avais répété mon petit discours dans ma tête des centaines de fois.

— Vous êtes avec qui, les filles ? a demandé le monsieur.

Mais j'avais prévu le coup.

— On est avec papa. Il est parti s'acheter un journal au kiosque.

Le monsieur m'a regardée avec des yeux ronds.

— Et son billet, alors ?

— Il n'en a pas besoin, ai-je menti. Il a une carte d'abonnement.

Alice m'a dévisagée, admirative. J'avais convaincu le vendeur.

— Aller simple ou aller-retour ?

– Aller simple, a répondu Alice. On ne reviendra pas.

– Quinze livres, alors.

J'ai eu l'impression de recevoir un coup de poing dans le ventre.

– *Quinze livres ?*

– Pour vous deux, a-t-il précisé.

Je n'en revenais pas que ce soit si cher. Alice a fouillé dans sa poche et en a tiré un billet de cinq livres bien plié, puis cinq pièces d'une livre. Une autre. Encore une autre. Deux de cinquante pence. Elle a compté le reste de sa monnaie, pendant que l'homme pianotait sur le comptoir.

Le chocolat, les chips et les marshmallows gargouillaient dans mon ventre. Si je n'avais pas été aussi goinfre, on aurait eu largement assez. J'étais morte de honte.

– Vingt pence, cinq pence, un, deux, trois, quatre, cinq, six… Ouais ! C'est bon ! s'est exclamée Alice. J'ai le compte. Quinze livres.

Elle a empilé ses pièces sur le comptoir. L'homme a mis un temps fou à compter, puis recompter et, enfin, il a imprimé nos billets avec sa machine.

On les a vite pris avant qu'il ne change d'avis, puis on s'est engouffrées dans le tunnel qui menait aux quais. Je me suis amusée à crier pour voir s'il y avait de l'écho. Cinquante Perla ont crié en chœur.

– Chut ! a sifflé Alice.

Cinquante petits « chut » nous ont grondées.

On a éclaté de rire et nos ricanements ont résonné dans le tunnel tandis qu'on courait jusqu'au quai.

– On a réussi ! me suis-je exclamée en serrant Alice dans mes bras.

Le panneau annonçait l'arrivée du train de Londres dans deux minutes.

– On a réussi ! Londres, nous voilà !

Mais on n'avait pas réussi du tout. On n'est jamais arrivées à Londres.

Nous avons entendu des cris en provenance du parking, de l'autre côté du quai. Puis nous avons vu un taxi et nos parents qui en sortaient, comme des fous. Ils agitaient les bras en l'air en nous appelant.

– Oh non ! ai-je crié en prenant Alice par le bras. Vite, cachons-nous.

Mais on n'avait nulle part où se cacher. On était coincées sur le quai.

J'ai vu le train arriver au loin.

– Allez, vite, vite !

J'avais envie qu'il accélère pour qu'on puisse sauter à bord et filer vers la nouvelle vie qui nous attendait à Londres. Mais on aurait encore dit un train électrique, un petit point à l'horizon, et nos parents étaient déjà sur le quai.

Le père d'Alice l'a prise dans ses bras. Sa mère a fondu en larmes. Ma mère m'a prise par les épaules et m'a secouée jusqu'à ce que mes oreilles bourdonnent. Et ce n'était pas à cause du train qui approchait.

Chapitre 6

Ils ont tous cru que la fugue, c'était mon idée. Tant pis, je ne voulais pas qu'Alice ait des ennuis.

Moi, j'ai eu de GROS GROS GROS ennuis. Maman était furieuse après moi. Elle a réussi à se retenir devant la famille d'Alice, mais une fois à la maison, elle a recommencé à me secouer et à me hurler dessus, le visage tellement près du mien que je recevais des postillons. Elle voulait que je pleure, que je dise que je regrettais. Mais j'ai serré les dents et soutenu son regard, déterminée à ne pas laisser échapper une larme, tout du moins pas devant elle. Non, je ne regrettais rien, j'aurais voulu m'enfuir pour toujours.

Maman m'a envoyée dans ma chambre. Je me suis allongée, la tête enfouie dans mon oreiller. Papa est monté me voir, il s'est assis à côté de moi et m'a tapoté le dos maladroitement.

– Arrête de pleurer, Perla.

– Je ne pleure pas, ai-je répondu d'une voix étouffée, la tête toujours dans l'oreiller.

– Je sais que ta mère est allée un peu trop loin, ma puce. Mais tu nous as fait une telle frayeur. Quel choc quand nous avons reçu l'appel de Mme Petit-Lu pour nous prévenir qu'elle vous avait vues partir toutes seules en direction de la gare…

Quel traître, ce Biscuit ! Il avait tout rapporté ! Alice avait raison, finalement. J'aurais voulu lui bourrer la bouche de tous ces gâteaux qu'il aimait tant – des gaufrettes, des sablés, des biscuits fourrés à la vanille, des trucs au chocolat et à la confiture d'orange, des cookies – jusqu'à ce qu'il s'étouffe.

– Tu te rends compte à quel point c'est dangereux de s'enfuir comme ça ? Deux petites filles toutes seules…

Il a frissonné, faisant trembler le lit.

– Il aurait pu vous arriver n'importe quoi. Tu dois me promettre de ne jamais jamais recommencer… Tu m'écoutes, Perla ?

Non, je ne voulais pas l'écouter. Je me suis bouché les oreilles. Au bout d'un moment, il est reparti.

Je suis restée là, enfouie dans mon oreiller. Mais, malgré tout, même avec les oreilles bouchées, j'ai entendu son taxi démarrer. J'ai couru à la fenêtre. Maman était assise à l'arrière, elle faisait une tête de trois mètres de long.

J'ai cogné contre la vitre.

– Vous retournez chez Alice ? Je veux venir aussi ! Je vous en prie ! Je n'ai pas pu lui dire au revoir.

Papa et maman n'ont même pas levé les yeux vers moi. Le taxi s'est éloigné. Je suis sortie comme un diable de ma chambre, mais Arthur m'a attrapée au passage.

– Lâche-moi. Il faut que j'aille voir Alice.

– C'est impossible, Perla. Tu n'es pas la bienvenue

là-bas, et tu le sais. Arrête de gesticuler, moustique. Ouille ! Ne me tape pas, je suis de ton côté.

– Alors emmène-moi la voir. Emmène-moi en vélo, Arthur ! Je t'en prie, allez !

– Même si je te conduis là-bas, ils ne te laisseront pas approcher Alice. Ses parents ont piqué une de ces crises quand ils ont appris que vous étiez parties. Si tu les avais entendus !

– Je ne vois pas pourquoi. Ils se moquent bien de nous, sinon ils ne nous sépareraient pas, ai-je répliqué, en arrêtant cependant de me débattre. Personne ne se soucie de ce qu'on pense ou de ce qu'on ressent, Alice et moi. Imagine si tu n'avais plus jamais le droit de revoir Aïcha.

– Ce n'est pas la même chose.

– Si, si, c'est exactement la même chose, ai-je affirmé en rouant son torse de coups. Ce n'est pas parce que nous sommes des enfants que nous n'éprouvons pas de sentiments.

– OK, OK ! Ne recommence pas à t'énerver. Et arrête de me frapper !

Il m'a saisie par les poignets.

J'ai essayé de lui envoyer un coup de pied au menton, mais j'ai fait attention de juste l'effleurer du bout de ma basket. Je savais qu'il avait raison. Il ne m'était pas d'une grande aide, mais il était de mon côté.

Jack, lui, ne s'est pas montré. Il déteste ce genre de scène. Mais Dingo est venu me rendre visite lorsque je suis retournée dans ma chambre en traînant les pieds. Il a sauté sur le lit pour me lécher affectueusement le visage. Ce n'était pas une sensation franchement agréable parce que, Jack a beau le laver et lui brosser les dents continuellement, ce chien est une puanteur. Mais il essayait de me consoler à sa façon.

Puis j'ai entendu le taxi de papa rentrer. La porte claquer. Des pas résonner dans les escaliers, les talons aiguilles de maman faire tac-tac-tac sur le tapis. Elle a ouvert ma porte en grand, la robe jaune toute froissée à la main. Elle l'a jetée sur le lit à côté de moi.

– J'espère que tu es contente de toi, jeune demoiselle. Tu as complètement gâché la fête. On a dû appeler le médecin parce que la mère d'Alice n'arrivait pas à se calmer. Tous les invités sont rentrés chez eux, tout gênés, leur laissant cinquante steaks, cinquante demi-poulets et cinquante pommes de terre à la cendre sur les bras, sans compter tous les desserts, le cheese-cake à la cerise, le tiramisu et le gâteau au chocolat.

– Pourquoi tu n'en as pas rapporté un peu à la maison ? ai-je suggéré.

87

Je ne voulais pas être insolente. Je trouvais juste triste que toutes ces bonnes choses soient gâchées. Bien sûr ce n'était qu'une petite goutte d'eau comparée au torrent de tristesse que je ressentais à l'idée de perdre Alice – les chutes du Niagara ! Mais maman n'a pas compris.

– C'est incroyable, d'être égoïste à ce point, Perla Jackson ! Quelle goinfre ! Comment ai-je pu donner naissance à une enfant pareille ? Tu ne penses donc qu'à toi et à ton petit ventre bedonnant ! a hurlé maman.

– Je ne pensais pas à mon ventre. Et d'abord il ne peut pas être petit et bedonnant. Tu racontes n'importe quoi ! ai-je crié.

Ce n'était pas malin.

Maman m'a punie. J'ai dû rester dans ma chambre, je n'ai même pas eu le droit de descendre dîner. Comme j'avais déjà sauté le déjeuner, je mourais de faim. D'accord, j'avais mangé du chocolat, des chips et les marshmallows d'Alice, mais il s'agissait juste d'un petit encas.

Je suis restée affalée sur mon lit, complètement désespérée. Les odeurs qui montaient de la cuisine me mettaient l'eau à la bouche. Du bacon. Du bon bacon grillé et croustillant ! J'ai tenté de faire taire mon estomac qui gargouillait en plaquant mes mains dessus. Franchement, je n'avais pas un ventre bedonnant, j'avais plutôt l'impression d'être en train de me changer en squelette. Maman serait bien embêtée lorsqu'elle viendrait me réveiller demain matin et ne trouverait qu'un tas d'os dans mon pyjama Hulk.

En me tournant et retournant sur mon lit, je me suis pris les pieds dans la robe couleur canari. Brr, je détestais le contact froid du satin. Mais en voulant l'envoyer à l'autre bout de la chambre, j'ai senti un truc coincé dans l'une de ses ridicules manches bouffantes… Un petit mot !

Quand je l'ai déplié, j'ai aussitôt reconnu l'écriture familière d'Alice et son joli stylo rose. La feuille était couverte d'autocollants : des cœurs, des fleurs, des oiseaux, des étoiles et des soleils qui souriaient.

Ma chère Perla,

Je suis punie et je parie que toi aussi. Je suis vraiment désolée que tout te retombe dessus. J'ai essayé d'expliquer à ma mère que c'était moi qui avais eu l'idée de la fugue, mais elle ne m'a pas crue, tu la connais. Je suis aussi désolée qu'on n'ait pas pu se dire au revoir. Je n'ai aucune envie de partir en Écosse ! Tu vas tellement me manquer. JAMAIS je ne t'oublierai. Tu es ma meilleure amie au monde.

Bisous, X X X X X ♡   Alice

J'ai lu et relu la lettre je ne sais combien de fois, suivant chaque ligne rose du bout du doigt, caressant chaque autocollant. Puis je l'ai cachée entre les pages de mon livre préféré, *La Forêt enchantée*. Il appartenait à mon papy lorsqu'il était enfant et il me l'a lu quand j'étais petite. J'aurais aimé qu'Alice et moi, on trouve le chemin de la forêt enchantée et qu'on escalade l'Arbre de tous les Ailleurs pour pénétrer dans un pays merveilleux d'où l'on ne serait jamais jamais revenues.

Mais j'étais enfermée dans ma chambre, prisonnière. Et Alice allait déménager à des centaines de kilomètres de là. Elle m'avait envoyé une belle lettre pour me dire au revoir, mais je n'avais aucun moyen de lui répondre. J'avais tellement faim que ma cervelle refusait de fonctionner. J'ai fouillé dans toutes mes poches de jeans et de manteaux, et j'ai fini par dénicher un caramel qui datait de l'hiver dernier dans mon duffle-coat. Je l'ai sucé lentement et la saveur fantomatique de ce vieux bonbon m'a mis encore plus l'eau à la bouche. J'ai retourné mon cartable espérant y découvrir une barre chocolatée ou un sandwich oubliés… mais en vain.

Puis j'ai entendu des pas. J'ai sauté sur mon lit, au cas où ce serait maman. Mais vu le rythme sautillant, j'ai deviné que c'était Arthur. Il s'est faufilé dans ma chambre en me faisant taire habilement, m'a glissé un sandwich au bacon dans la main et est ressorti avant même que j'aie pu le remercier.

Le sandwich était tiède et son passage dans la poche d'Arthur l'avait rendu un peu poussiéreux, mais je m'en moquais. Je me suis installée confortablement sur mon oreiller pour le savourer jusqu'à la dernière miette. Jamais un simple sandwich au bacon ne m'avait paru aussi délicieux. Je me sentais un peu coupable d'avoir autant d'appétit en de pareilles circonstances, mais je n'y pouvais rien. Alors qu'Alice perdait toute envie de manger, moi, au contraire, les soucis me creusaient l'estomac.

Des pas, à nouveau. Deux pieds bien lourds suivis de quatre pattes qui trottinaient. Jack et Dingo !

– Tu m'as apporté un autre sandwich au bacon ? ai-je demandé, pleine d'espoir.

– Je voulais, mais Dingo l'a englouti avant même que j'aie pu le cacher dans ma poche.

– Oh, super ! Et tu es monté pour me dire ça ?

– Je suis venu pour te prêter mon téléphone, m'a-t-il expliqué en me tendant son portable. Comme ça, tu pourras envoyer un texto à Alice.

– Mais elle n'a pas de portable !

– Ah mince, alors ça ne va pas te servir à grand-chose, a soupiré mon frère.

– Je pourrais l'appeler sur son fixe.

Il m'a regardée en secouant la tête.

– Ce n'est pas une bonne idée, Perl. Disons, pour être poli, que tu n'es pas vraiment dans leurs petits papiers, en ce moment.

– Je veux juste dire au revoir à Alice, ai-je décidé en composant le numéro.

– Allô ?

Ma gorge s'est serrée. C'était sa mère. J'avais espéré qu'elle serait encore dans sa chambre à piquer sa crise. C'était fichu : elle allait me raccrocher au nez dès qu'elle entendrait ma voix. À moins que… J'ai pris une profonde inspiration et j'ai plaqué ma main sur ma bouche, puis j'ai pris la voix la plus snob et haut perchée possible :

– Bonsoir, madame Barlow. Excusez-moi de vous déranger, madame.

Jack me dévisageait, haussant les sourcils, les lèvres en forme de point d'interrogation. Même Dingo avait arrêté de haleter pour me regarder, perplexe.

– Qui est à l'appareil ? a demandé Karen.

– Francesca Gilmore-Brown.

Francesca est une vraie peste qui est dans le même cours de danse classique qu'Alice. Avant, j'en faisais avec elles mais, comme je m'ennuyais un peu, j'ai commencé à faire la folle et le professeur a décrété que ce n'était pas la peine de revenir en cours si je ne prenais pas la danse au sérieux. Alors j'ai arrêté parce qu'il n'y avait pas moyen que je prenne ces courbettes débiles au sérieux. J'espérais qu'Alice arrêterait aussi, mais ça lui plaisait vraiment, surtout qu'elle avait été sélectionnée pour jouer une fée dans le ballet de fin d'année et qu'elle allait porter un beau tutu rose pailleté.

Francesca Gilmore-Brown se prenait également pour une fée avec son tutu rose. Autant vous dire qu'elle me portait sur les nerfs et pas qu'un peu. Elle énervait aussi Alice, mais sa mère était très impressionnée qu'une fille aussi chic et riche que Francesca veuille être amie avec sa fille. Elle ne voyait pas que c'était impossible. Puisqu'Alice avait déjà une merveilleuse amie. Moi.

– Oh, Francesca ! s'est exclamée Karen en minaudant de façon ridicule. Pourrais-tu parler un peu plus fort, ma puce ? Je t'entends mal.

Mais j'ai gardé ma main devant ma bouche pour répondre :

– Je viens d'apprendre qu'Alice partait vivre en Écosse. Pourrais-je lui dire au revoir, s'il vous plaît ?

– Lui dire au revoir ? Hum… Alice est dans sa chambre parce que… euh, enfin, ce n'est pas grave. Bien sûr, je vais te la passer.

Elle a appelé Alice pour qu'elle vienne prendre le téléphone.

J'attendais. J'ai entendu Alice dans le fond, qui demandait :

– C'est Perla ?

– Non, ce n'est pas Perla. Tu sais pertinemment qu'elle est punie. Non, Alice, c'est Francesca.

– Qui ça ?

– Enfin, chérie ! a soupiré sa mère. Francesca Gilmore-Brown, la gentille petite fille de ton cours de danse.

– Oh, elle…, a marmonné Alice. J'ai pas envie de lui parler.

– Chut ! Elle va t'entendre. Ne sois pas bête. Bien sûr que tu as envie de lui parler...

J'ai entendu un cliquetis de bracelets quand elle lui a passé le téléphone, puis la voix d'Alice :

– Bonsoir, Francesca, a-t-elle fait, sans grand enthousiasme.

– Ce n'est pas cette peste de Francesca, c'est moi, Al.

– Ooooh !

– Ne dis rien, sinon ta mère va se douter de quelque chose, lui ai-je recommandé. C'est affreux, hein ? Je ne comprends pas pourquoi ils sont si méchants avec nous. Ma mère m'a envoyée dans ma chambre pour l'éternité sans même me donner à manger. Tu imagines ! Elle me laisse mourir de faim.

– Moi, la mienne veut me forcer à manger au contraire. Il nous reste plein de grillades, des montagnes et des montagnes, et on s'en va demain.

– Je n'arrive pas à croire que tu partes. Si seulement on avait réussi à monter dans ce train !

– Je sais..., a soupiré Alice.

– Tant pis, on aurait vécu dans la rue, comme des clochardes, on aurait couché sous les ponts, mais on serait restées ensemble, au moins !

– Je suis bien d'accord.

– Ta mère est toujours dans le coin ?

– Oui.

– Elle ne pourrait pas te lâcher un peu les baskets ?

Alice a gloussé :

– Oui, j'aimerais bien.

Dans le fond, j'ai entendu Karen qui demandait :

– Qu'est-ce qu'elle dit ?

– Elle… elle m'a raconté une blague pour me consoler, a menti Alice.

– Quelle gentille petite, a commenté sa mère. Pourquoi tu n'as jamais voulu qu'elle soit ton amie ?

Alice l'a fait taire.

– Chut, maman.

– Si elle savait, ai-je murmuré. Merci pour ta lettre, Alice, elle est magnifique. Et c'était une idée géniale de la cacher dans mon affreuse robe. Tu m'en écriras d'autres quand tu seras en Écosse ?

– Bien sûr.

– Je t'écrirai aussi. Souvent souvent souvent. Et je t'appellerai. Tous les jours.

– Pas avec mon téléphone, en tout cas, est intervenu Jack. Dépêche-toi, Perl, ça va me coûter une fortune.

– Ne l'écoute pas, Alice. Je t'écrirai, je t'appellerai et je viendrai te voir. Je me débrouillerai.

– Oh, Perla…, a hoqueté Alice.

Il y a eu un cri, un cliquetis, puis plus rien.

Karen avait raccroché.

Une fois de plus, j'avais l'impression qu'elle nous séparait à jamais.

Chapitre 7

Ça m'a fait vraiment bizarre de me retrouver toute seule à l'école. Enfin, bien sûr, je n'étais pas vraiment toute seule. Il y avait les vingt-huit autres élèves de la classe… et presque cinq cents si on compte l'école entière, ainsi que d'innombrables enseignants, animateurs et dames de service, plus le gardien, M. Maggs – mais l'école me semblait immense et déserte sans Alice.

Chaque matin, nous entrions en classe main dans la main et nous passions toute la journée côte à côte. Quelle torture de voir sa place vide à côté de la mienne. Je me suis tournée de l'autre sens, complètement recroquevillée, le menton sur ma table.

Biscuit m'a donné un grand coup dans le dos avec un Mars géant.

– Hé, Perla, pourquoi tu es toute minuscule aujourd'hui ? Tu as rapetissé ou quoi ? Tiens, tu devrais prendre ça pour te remonter.

Je me suis retournée et je l'ai fixé avec mes yeux rayons laser pour le réduire en cendres.

– Quoi ? Qu'est-ce qu'il y a ? Qu'est-ce que tu as ? Tu dois te sentir un peu seule sans Alice. Tu veux que je vienne m'asseoir à côté de toi, à sa place ? a-t-il proposé.

– Non, pas question. Même si tu étais mon meilleur ami, je ne voudrais pas être assise à côté de toi de peur que tu ne m'écrabouilles tellement tu es gros et gras. Mais comme tu es mon pire ennemi, je ne veux même pas être dans la même pièce que toi. Ni dans la même école, dans la même rue, dans la même ville, dans le même pays, dans le même monde que toi !

Biscuit écarquillait les yeux, abasourdi, son Mars toujours à la main.

– Je ne suis pas gros ! Qu'est-ce qui te prend, Perla ? On est copains, toi et moi. Depuis toujours.

– Plus maintenant. Plus depuis hier.

– Mais je n'ai rien fait, a-t-il protesté.

– Tu nous as trahies !

– C'est pas vrai ! Enfin… j'ai juste donné vos noms à ma mère quand elle me l'a demandé.

– Oui, et elle s'est empressée de téléphoner à nos

parents, tu le sais parfaitement. Ils ont débarqué comme des fous dans la gare et ils nous ont empêchées de nous enfuir ensemble. Tu as tout gâché, alors arrête de prendre ton petit air innocent et blessé parce que franchement ça me dégoûte. Il pourrait bien me prendre l'envie de t'envoyer un bon coup de poing dans ton gros ventre.

– Je ne suis PAS gros ! Je n'y peux rien si ma mère s'est inquiétée pour vous. Et si tu me donnes un coup de poing, je te le rends, voilà !

– D'accord, ai-je acquiescé. On va se battre à la récréation.

– Tu crois que je n'oserais pas frapper une fille, mais tu te trompes. Si tu commences, je me défendrai.

– C'est ça ! Et moi, je te frapperai encore et encore ! Sans m'arrêter. Tu vas voir !

J'étais tellement énervée que j'avais haussé le ton. Je criais presque.

– Où te crois-tu, Perla Jackson ? m'a demandé la maîtresse. Veux-tu bien te taire et te replonger dans ton travail. Retourne-toi et laisse Biscuit tranquille.

– Avec plaisir, ai-je murmuré en me ratatinant de nouveau sur ma chaise.

Mme Watson a continué à me surveiller du coin de l'œil. Elle regardait sans cesse dans ma direction. Vers la fin de la matinée, elle s'est approchée pour voir ce que j'avais écrit dans mon cahier. J'ai retenu mon souffle. Nous étions censés rédiger un petit texte en utilisant un maximum d'adjectifs – des mots qui servent à décrire les choses. J'avais décidé de faire le portrait de Biscuit. Sans mâcher mes mots. J'avais même été un peu grossière à certains endroits. J'ai vite essayé de gribouiller le pire passage.

— Trop tard, Perla. Je l'ai lu, a dit Mme Watson.

Je m'attendais à ce qu'elle se mette à hurler, mais elle s'est assise à côté de moi, à la place d'Alice.

— Bien…, a-t-elle fait d'une voix douce.

Je l'ai dévisagée, perplexe.

— Euh, non, ce n'est pas bien d'employer ce genre de vocabulaire outrancier dans ton cahier de classe, a-t-elle corrigé. Surtout pour critiquer un garçon aussi gentil que notre Biscuit.

Je n'avais pas la moindre idée de ce que signifiait « vocabulaire outrancier », mais cela semblait bien correspondre au portrait que j'avais fait de Biscuit.

— Il est pas gentil, ai-je marmonné.

— Mais si, Perla. Tout le monde adore Biscuit, toi y compris. Tu n'es pas réellement en colère après lui.

— Si !

Mme Watson s'est penchée vers moi pour me chuchoter :

— Tu ne serais pas plutôt en colère parce qu'Alice n'est plus là ?

J'ai tenté de bafouiller une réponse, mais je n'y arrivais pas. J'avais l'impression que deux mains s'étaient refermées sur mon cou pour serrer fort, très fort. J'avais mal aux yeux. J'ai cligné des yeux et deux larmes ont roulé sur mes joues.

– Oh, Perla, a soupiré Mme Watson en me tapotant doucement le dos.

Quelle honte de pleurer en classe, comme un bébé ! Je me suis recroquevillée encore davantage. J'étais pratiquement sous ma table.

– Alice doit beaucoup te manquer.

Elle m'a tapoté le dos une dernière fois avant de regagner son bureau.

« Manquer », c'était peu dire ! C'était même ridicule par rapport à ce que je ressentais. J'avais l'impression d'avoir été coupée en deux. D'avoir perdu la moitié de moi-même, un œil, une oreille, une lèvre, la moitié de mon cerveau bouillonnant, un bras, une jambe, un poumon, un rein et la moitié du long, long, long serpent de mes intestins.

Je me demandais si Alice éprouvait la même chose. Au moins, elle n'était pas coincée à l'école, à côté d'une chaise vide. Elle fonçait sur l'autoroute, direction l'Écosse. Elle devait être surexcitée, comme si elle partait en vacances. Et puis, elle allait avoir une nouvelle maison, de nouveaux animaux, une nouvelle école… et peut-être même une nouvelle meilleure amie.

Moi, je n'avais personne.

À la récréation, je ne savais pas quoi faire. D'habitude, je jouais toujours avec Alice, sauf lorsqu'on faisait l'un de nos fameux concours, avec Biscuit.

Je me suis souvenue que, justement, j'étais censée me battre avec lui. J'ai serré les poings. Au moins, ça allait m'occuper. À mon avis, Biscuit ne savait pas vraiment se battre. Mais, de toute façon, peu importait. Il pouvait m'écraser comme un moustique, je m'en moquais.

Je l'ai cherché partout, mais je ne l'ai trouvé nulle part. J'ai d'abord regardé à l'endroit le plus évident. Mais il ne faisait pas la queue au stand de gâteaux. J'ai arpenté la cour de long en large. J'ai fait un tour dans les couloirs, voir s'il ne s'était pas réfugié dans un coin pour grignoter son Mars. Rien. Il ne pouvait être qu'à un seul endroit. Un endroit où je ne pouvais pas entrer.

Je me suis postée devant les toilettes des garçons et j'ai attendu, bras croisés, tapant du pied avec impatience. J'ai attendu, attendu… Les garçons me glissaient des idioties chaque fois qu'ils passaient devant moi, mais je leur renvoyais une réponse bien sentie. Ils avaient beau me bousculer, je ne voulais pas bouger d'un pouce.

– Qu'est-ce que tu attends, Perla ?

– J'attends Biscuit.

– Oh, tu veux l'embrasser, c'est ça ?

– Non, je préférerais l'embrocher pour le faire rôtir au barbecue, ai-je répliqué. Va lui dire que je suis prête à me battre.

– Tu perds ton temps, Perla, m'a dit Jack, un de ses copains. Il n'est pas là-dedans.

– Moi, je parie que si.

J'avais bien envie d'entrer à l'intérieur pour vérifier par moi-même, mais je craignais que Mme Watson ne se montre plus aussi compréhensive si elle me surprenait dans les toilettes des garçons. Elle m'enverrait direct chez M. Baton. Non, mieux valait ne pas entrer. J'allais trouver un moyen de le faire sortir.

J'ai repéré un petit binoclard avec ses lunettes qui lui tombaient du nez.

– Hé, toi ! Tu connais Biscuit, un grand gars de CM 1 qui n'arrête pas de s'empiffrer ?

Le petit a hoché la tête, en repoussant d'un doigt ses lunettes. Tout le monde connaît Biscuit, dans cette école.

– Va voir s'il est là-dedans et reviens me le dire, d'accord ?

Le gamin a de nouveau hoché la tête et il est entré dans les toilettes. Il y est resté un moment et, quand il est ressorti, il avait le regard fuyant et la bouche pleine de caramels. Tellement pleine qu'il bavait : répugnant !

– Il est pach là, a-t-il marmonné en s'essuyant le menton d'un coup de langue.

– Oh que si ! Il t'a donné des bonbons pour acheter ton silence, c'est ça ?

– Non, pas du tout. Il m'a donné des bonbons parce qu'on est amis, a répondu fièrement le petit avant de filer.

J'ai pris une profonde inspiration avant de hurler :

– BISCUIT ! Je sais que tu es là ! Allez, sors, espèce de lâche !

J'ai attendu jusqu'à la sonnerie. Et même un peu après. Et là, Biscuit a prudemment passé la tête dans l'entrebâillement de la porte.

– Vu ! ai-je crié en me jetant sur lui.

– Au secours ! a-t-il braillé en fonçant comme un fou dans le couloir.

– Stop ! Viens ici, viens te battre, trouillard !

– J'ai pas envie de me battre. Je n'aime pas la violence. Je suis un pacifiste, s'est défendu Biscuit.

Il a essayé de s'enfuir mais je l'ai rattrapé par la ceinture de son énorme pantalon.

— Lâche-moi ! Tu vas me baisser mon pantalon. Mais tu es folle ou quoi ! D'abord, tu veux me mettre une raclée et, maintenant, tu veux me déshabiller ! Au secours ! Je suis harcelé par une détraquée sexuelle !

— Billy Petit-Lu ! Perla Jackson ! Qu'est-ce que vous fabriquez ? a tonné M. Baton.

Notre affreux directeur est un vieux grincheux. Il travaille dans cette école depuis des siècles. Il a eu mon père dans sa classe, vous imaginez ! Papa m'a raconté qu'à l'époque il était déjà grincheux et qu'il les tapait avec une canne qu'il cachait dans son armoire. Peut-être qu'il l'a encore.

— Rentrez dans vos classes immédiatement ! a-t-il ordonné en agitant les bras en l'air comme s'il voulait nous donner un bon coup de canne.

J'ai filé. Biscuit essayait de courir derrière moi, mais avec son pantalon à moitié baissé, il avait du mal. Il est arrivé en classe deux minutes après moi, tout rouge et essoufflé.

Mme Watson s'était contentée de secouer la tête pour moi, mais lui, elle l'a grondé.

– Pourquoi es-tu si en retard, Biscuit ? Où étais-tu passé ?

J'ai retenu mon souffle. Biscuit n'arrivait pas à reprendre le sien.

– Désolé… madame… Watson, a-t-il haleté. Je… faisais… un jogging… pour avoir… la santé.

– Tu en as bien besoin, on dirait, a répliqué Mme Watson. Bon, remets-moi ce pantalon correctement, tu es ridicule comme ça.

Biscuit a souri et a remonté son pantalon en roulant des hanches comme s'il faisait du houla-hop. Toute la classe a éclaté de rire. Même la maîtresse avait du mal à garder son sérieux.

– Quel clown ! a-t-elle commenté. Mais nous avions tous besoin de rire un peu aujourd'hui.

Elle a regardé la place vide d'Alice. J'ai suivi son regard. Je venais de rire avec les autres alors que j'avais envie de pleurer, pleurer, pleurer.

Chapitre 8

– Oh, pauvre poussinet tout triste, m'a dit mon grand-père qui m'attendait à la sortie de l'école.

Il m'a tendu la main. Je m'y suis accrochée comme un bébé. Je n'avais pas envie de parler, j'avais la gorge trop serrée. Il y avait tous les autres élèves autour de nous, je ne voulais pas qu'ils me voient pleurer.

Je lui ai donné la main jusqu'en bas de son immeuble. J'ai retenu ma respiration dans l'ascenseur qui sent mauvais mais, heureusement, en entrant dans l'appartement, j'ai retrouvé l'odeur rassurante de pain grillé, de vieux livres et de bonbons à la menthe.

Papy s'est assis dans son grand fauteuil moelleux, je me suis assise sur les genoux de mon grand papy moelleux, puis j'ai posé la tête contre son pull en laine et j'ai fondu en larmes.

– Là, ma perlita, a-t-il dit en me serrant contre lui. C'est ça, pleure un bon coup.

– Ton pull-over va être tout mouillé, ai-je hoqueté.

– C'est pas grave. Il faut que je le lave de toute façon.

Il m'a bercée sur ses genoux pendant que je continuais de sangloter. Lorsque je me suis retrouvée à la phase « j'essaie-de-m'arrêter-mais-j'ai-la-morve-qui-coule », il m'a tendu un de ses grands mouchoirs blancs pour que je souffle bien fort.

– Je suis un vrai bébé, ai-je constaté.

– Mais non ! Tout le monde pleure. Ça m'arrive à moi aussi de temps en temps.

– Tu ne pleures jamais toi, papy ! ai-je protesté.

– Si.

– Mais je ne t'ai jamais vu pleurer.

– Parce que j'attends d'être tout seul. Après la mort de ta grand-mère, je crois bien que j'ai pleuré tous les soirs pendant un an.

– Oh, papy ! me suis-je écriée en le prenant par le cou.

Je ne me souvenais pas tellement de mamie. Je savais qu'elle n'était pas très grande, avec des cheveux gris bouclés et de petites lunettes argentées, mais c'était grâce à la photo posée sur la télé de papy.

– Tu te rappelles de ta grand-mère ? m'a-t-il demandé.

– Bien sûr, ai-je répondu pour ne pas lui faire de peine.

On peut oublier une arrière-grand-tante éloignée mais pas sa propre grand-mère.

– Tu es une adorable petite menteuse, a fait papy en se frottant le nez sur le sommet de mon crâne. Tu avais à peine trois ans lorsqu'elle est morte.

– Mais je m'en souviens quand même, ai-je affirmé.

Je me suis creusé les méninges. Je me rappelais que mamie m'avait offert sa poupée en porcelaine, Mélissa. Oh, comme je regrettais de l'avoir donnée à Alice, maintenant !

Ça m'a rappelé quelque chose.

– Mamie jouait à la poupée avec moi. Elle faisait danser le french-cancan à mes Barbie.

– Oui, c'est vrai ! a acquiescé papy avec enthousiasme. Ta grand-mère avait beaucoup d'humour. Et elle adorait danser. C'est comme ça qu'on s'est rencontrés, à un bal. Un vrai bal, avec de la valse et tout, mais on aimait aussi danser le rock. On connaissait même des figures acrobatiques. Je la faisais passer au-dessus de ma tête. Tout le monde nous applaudissait.

– Moi aussi, je sais danser le rock. Arthur m'a appris.

– Alors qu'est-ce qu'on attend ? Ça va swinguer, a dit papy en claquant des doigts.

Il m'a posée par terre pour se mettre debout. Puis il s'est mis à chanter *Blue Suede Shoes** en sautillant dans ses pantoufles en velours marron. Moi, je me trémoussais en agitant les bras en l'air. Papy m'a pris la main et il m'a fait tournoyer dans tous les sens. Puis il m'a levée à bout de bras pour essayer de me faire passer par-dessus son épaule. Mais il n'a pas réussi à me hisser assez haut et on s'est écroulés dans le fauteuil.

– Oups, désolé, mon poussin. Je crois que j'ai passé l'âge de danser le rock. Arthur fait sûrement un meilleur cavalier.

– Il danse surtout avec Aïcha maintenant.

– Ah oui, c'est normal. Et j'imagine que Jack n'est pas trop du genre à aimer danser.

---

* *Mes chaussures en daim bleu*, chanson d'Elvis Presley.

– Ça, tu l'as dit ! Non, ma cavalière, ça a toujours été Alice. Mais je ne la reverrai plus jamais !

– Mais si, ma perle, tu pourras l'inviter pendant les vacances.

– Sa mère ne la laissera jamais venir. Elle ne m'aime pas. Et je parie qu'elle ne voudra pas m'inviter non plus. Et puis, de toute façon, comment je ferais pour aller en Écosse ? Les billets de train sont hors de prix.

– C'est cher, mais ce n'est pas impossible, a remarqué grand-père.

Il s'est relevé pour aller mettre la bouilloire à chauffer.

– Tu pourrais te payer le billet si on économise assez ou qu'on gagne au Loto… Alors que moi, je n'ai pas la possibilité de sauter dans un train pour aller voir ta grand-mère au paradis. Enfin, un jour, c'est ce qui arrivera, mais alors je n'aurai pas de billet retour... je partirai pour toujours.

– Arrête, papy, ai-je supplié.

Je ne supporte pas de l'entendre parler de la mort, même pour plaisanter.

– Tu ne mourras jamais, tu m'entends ?

– Je vais m'efforcer de rester encore un petit bout de temps, mon poussin. Bon, tu veux une tasse de thé ? Regarde dans le réfrigérateur, je crois qu'il y a une surprise pour toi.

Et cette fois, ce n'était pas un bracelet-bonbon ! Papy avait acheté des gâteaux à la pâtisserie. J'ai ouvert la boîte, émerveillée, pour découvrir une énorme meringue blanche avec une cerise dessus, un bel éclair au chocolat, une tartelette aux fraises et une grosse part de génoise débordant de crème et de confiture.

– Miam, miam !

– Miami, miami, ces bons gâteaux, c'est pour qui ? a plaisanté papy. Allez, Perla, prends celui que tu préfères. Mais ne le répète pas à ta mère ou on se fera

disputer tous les deux. Je sais que ce n'est pas bien, mais je me suis dit que mon poussinet avait besoin d'un petit remontant aujourd'hui.

– Je n'arrive pas à choisir. Ils me plaisent tous !

Ma main tournoyait au-dessus de la meringue, de l'éclair, de la tartelette, de la génoise, indécise.

– Prends-en deux alors. Mais tu as intérêt à manger quand même ce soir à la maison.

– Oui, promis. Aide-moi, papy ! C'est trop dur de choisir…

– Je sais ! s'est-il écrié en prenant un couteau.

Il a soigneusement coupé en deux l'éclair au chocolat. Puis la tartelette aux fraises, en prenant soin qu'il y ait deux fraises et demie sur chaque moitié. Ensuite il a divisé la génoise en deux parts égales. La meringue lui a donné plus de mal : elle a explosé et la crème a jailli partout.

– Oh, je suis en train de tout gâcher, a-t-il constaté. Tu n'auras qu'à le manger en entier, celui-là, poussin.

J'ai donc englouti toute la meringue, cerise confite comprise, puis j'ai mangé la moitié de l'éclair, de la tartelette et de la génoise.

– Oh, papy, jamais je ne me suis autant régalée ! me suis-je exclamée.

– Ma parole, tu dois avoir un estomac de baleine, a commenté mon grand-père. Tiens, lèche-toi les babines. Il ne faudrait pas que ta mère remarque la crème au coin de tes lèvres.

– Non, elle m'en veut déjà assez en ce moment, ai-je soupiré.

Mais quand maman est venue me chercher chez papy, elle ne nous a pas sorti son petit discours habituel sur le grignotage en dehors des repas. Elle m'a pris le menton et m'a dévisagée avec attention, mais c'était mes yeux qu'elle regardait.

– Tu as pleuré, Perla ?

– Non, ai-je répondu d'une voix assurée.

– Mmm…, a-t-elle fait.

Sur le chemin de la maison, elle m'a passé le bras autour du cou.

– Je sais qu'Alice te manque beaucoup.

– Bravo ! Comment tu as deviné ? ai-je répliqué sarcastiquement en me dégageant de son étreinte.

– Dis donc, jeune demoiselle, ne prends pas ce ton-là avec moi ! Je te rappelle que tu es toujours punie pour tes exploits d'hier.

– Je m'en fiche. Tout m'est égal maintenant.

Maman a soupiré.

– Tu dois être très triste. Tu sais, Karen est mon amie aussi. Elle va me manquer.

– Ce n'est pas pareil qu'Alice et moi.

– Oui, tu as raison, a convenu maman. Je sais à quel point Alice compte pour toi. En fait, ça m'inquiétait un peu de vous voir si proches… C'est plus amusant d'avoir toute une bande d'amis.

– Je ne veux pas toute une bande d'amis, je veux Alice.

– Eh bien, elle est en Écosse désormais. Ils doivent être arrivés dans leur nouvelle maison, j'imagine.

– Et moi, je suis coincée ici, ai-je marmonné en rentrant dans notre jardin.

– Je comprends que tu sois triste, Perla, mais je t'assure que tu vas te faire de nouveaux amis. Tu as d'autres copains à l'école, peut-être pourrais-tu en inviter un ou deux à goûter un de ces jours ?

– Je ne veux inviter personne.

– Et ton copain qui a toujours le sourire ? Celui qui a fini toute la mousse au chocolat à ton anniversaire ? Et la glace et le gâteau et toutes les minisaucisses ?

– Surtout pas Biscuit.

– Bon, bon, je voulais juste te remonter le moral. Tu es triste, mais je te promets que, d'ici quelques semaines, tu auras oublié Alice.

Je l'ai dévisagée. Ce n'était même pas la peine de répondre à cela. Nous vivions sur deux planètes complètement différentes. Elle ne comprenait rien à rien.

Mais elle faisait de son mieux pour être gentille avec moi, même si j'étais encore punie.

– Tu n'as pas mangé grand-chose hier… Enfin, tout ça par ta faute, évidemment. Mais j'ai pensé qu'on pourrait se rattraper ce soir. Je vais te faire ton plat préféré : des spaghettis bolonaise.

– Oh… oui… Merci, maman.

Je me suis rappelé la dernière fois qu'on en avait mangé. Ça ne me disait pas trop aujourd'hui, finalement. Je n'avais pas faim du tout. Les deux gâteaux et demi prenaient déjà pas mal de place dans mon estomac.

– Et j'ai aussi prévu un bon dessert, a repris maman. Comme je sais que tu adores les gâteaux, je suis allée à la pâtisserie à l'heure du déjeuner et j'ai acheté une forêt-noire.

J'ai avalé ma salive.

– Hum, maman, le problème, c'est que je ne meurs pas vraiment de faim.

– Tu ne vas pas me faire croire ça, Perla. Tu as toujours faim, quoi qu'il arrive.

Soudain, elle a froncé les sourcils.

– À moins que ton grand-père t'ait donné quelque chose à manger…

– Non, rien du tout, je t'assure.

Le temps qu'elle cuisine les spaghettis, j'aurais peut-être à nouveau faim. J'ai fait quelques tours de jogging dans le jardin pour m'ouvrir l'appétit, mais ça n'a pas fonctionné. Ça m'a juste donné mal au cœur.

– Qu'est-ce que tu fabriques ma puce ? s'est inquiété papa, sortant la tête par la porte de derrière. Je t'ai vue par la fenêtre faire le tour du jardin en courant. Hé, tu te rappelles cette comptine que je te chantais quand tu étais petite ? *Je fais le tour de mon jardin, comme un petit ours brun…*

– *Un pas, deux pas, chatouille-moi sous les bras,* ai-je complété en joignant le geste à la parole. Mais je ne suis pas vraiment chatouilleuse. C'est Alice qui ne supporte pas les chatouilles.

– Ah oui ! Elle se mettait à hurler et à gigoter dans tous les sens dès que je faisais simplement *semblant* de la chatouiller, s'est souvenu papa.

Il m'a serrée contre lui.

– Elle va me manquer aussi, Perla. C'était comme ma seconde fille. En revanche, ses parents ne me manqueront pas autant. Je les ai toujours trouvés un peu snob, si tu veux mon avis.

– Oh oui, surtout sa mère, ai-je approuvé.

J'ai levé le menton, tapoté mon brushing imaginaire et j'ai pris une voix haut perchée complètement ridicule :

– Nous allons emménager dans une *immmmmense* maison parce que Bob a obtenu un nouveau poste *géniaaaal*. Nous aurons une cuisine flambant neuve avec un four machin-chouette et des plaques de cuisson méga-bidule et un frigo ultra-truc, et puis chacun aura sa salle de bains avec une douche comme les chutes du Niagara et notre petite Alice aura toute une horde de poneys et ses copines super riches du poney-club viendront à la maison et elle se fera une nouvelle meilleure amie et…

Papa s'est brusquement arrêté de rire.

– Tu seras toujours la meilleure amie d'Alice, quoi qu'il arrive, tu sais, a-t-il affirmé en m'ébouriffant les cheveux.

Puis il a fouillé dans sa poche et en a tiré une barre de chocolat.

– Tiens, un petit truc à grignoter… mais pas un mot à ta mère.

Je ne me sentais pas trop bien. J'espérais que le chocolat ferait passer la nausée. Je n'étais pas sûre que ce soit une bonne idée, mais je ne voulais pas vexer papa.

Au début, c'était bon, du bon chocolat au lait bien crémeux. Mais un peu trop chocolaté. J'avais l'impression d'avoir la bouche pleine d'une bouillie écœurante. J'ai eu du mal à l'avaler.

– Merci, papa. C'était délicieux, ai-je réussi à articuler, les mâchoires encore engluées de chocolat.

Ça m'a rappelé l'an dernier à Pâques quand j'avais voulu engloutir cinq gros œufs en chocolat et douze petits. Biscuit avait parié que je ne pourrais pas tous les manger à la suite. J'avais affirmé que si. Je m'étais trompée.

Rien que d'y repenser, j'en avais l'estomac retourné. J'ai décidé de rentrer à l'intérieur. Je me sentirais peut-être mieux si je m'allongeais un peu sur mon lit.

Arthur rentrait justement à la maison. Il avait quelque chose à la main. Il l'a caché dans son dos pour traverser la cuisine, ne souhaitant visiblement pas que maman le remarque. Je lui ai adressé un petit signe de tête avant de filer au premier. L'odeur des spaghettis bolonaise me levait le cœur.

– Hé, Perl ! Attends !

Arthur m'a suivie dans les escaliers.

– Comment ça va, p'tite sœur ?

– Pas très bien, ai-je marmonné.

– Ouais, je m'en doutais. Tiens, ça devrait te remonter le moral.

Et il a sorti de derrière son dos une grosse glace couverte de coulis de fraise avec deux bâtonnets de chocolat plantés dedans.

– Oooh !

– Chut, ne le dis surtout pas à maman. Tu connais sa théorie sur le grignotage entre les repas. Enfin, je me demande pourquoi elle en fait toute une histoire, tu as toujours faim, quoi qu'il arrive.

– Mais peut-être pas cette fois… Je n'ai pas faim

du tout, en fait, ai-je répondu en me tenant le ventre. Je la mangerai plus tard, hein ?

– Mais elle commence à fondre. Allez, Perl, mange-la.

Alors je l'ai mangée. J'ai léché le coulis de fraise, englouti la boule de glace, grignoté les deux bâtonnets de chocolat et j'ai même croqué le cornet jusqu'à la dernière miette, sous les applaudissements d'Arthur.

– Ah, sacrée petite sœur !

J'ai titubé jusqu'à ma chambre et je me suis allongée, les mains sur le ventre.

Je ne savais pas ce qui me faisait le plus mal au cœur. Le fait que j'aie trop mangé ou le fait qu'Alice soit partie. Elle me manquait tellement.

L'odeur de spaghettis bolonaise était de plus en plus forte.

– Où es-tu Perla ? a crié maman. Le dîner est prêt !

Je me suis relevée tout doucement. J'ai pris une profonde inspiration et je me suis traînée jusqu'en bas. Maman avait fait une belle table avec la jolie nappe brodée et les assiettes roses qu'elle réserve d'habitude aux invités. Les spaghettis bolonaise fumaient dans le grand saladier bleu. La forêt-noire trônait aussi sur la table dans un plat en verre, dégoulinante de crème et de chocolat.

Tout le monde était là, même Jack. Ils me souriaient d'un air encourageant.

– Assieds-toi, ma chérie, a dit maman. Voilà. À toi l'honneur, ce soir.

Elle m'a servi une montagne de pâtes. J'ai baissé les yeux vers mon assiette. Les spaghettis grouillaient comme des vers de terre dans la sauce marron. J'ai ouvert la bouche… et j'ai vomi partout, sur les pâtes, sur le gâteau, les assiettes roses, la nappe brodée et tout et tout.

Chapitre 9

On m'a envoyée illico dans ma chambre. Si ça continuait, j'allais y rester à vie, dans cette chambre. Je vieillirais, mes cheveux blanchiraient, mais je demeurerais éternellement allongée, à fixer le plafond.

Je serais la « fille de la chambre », je ne ferais plus vraiment partie de la famille. Papa, maman, Arthur et Jack m'oublieraient. Alice m'oublierait également. Mais moi, je ne l'oublierais jamais jamais jamais.

Je me suis assise sur mon lit et j'ai pris mon cartable. J'ai écrit « Alice est mon amie pour la vie » en énorme sur la couverture de mon cahier de brouillon. Et du carnet où on note les livres qu'on a lus. Ça m'a donné une idée, je l'ai ouvert et j'ai rédigé une fiche de lecture sur un livre intitulé *Ma meilleure amie*. Je ne l'avais jamais lu. Je ne savais pas s'il existait un livre qui portait ce titre. Si Mme Watson me posait des questions, je dirais que je l'avais emprunté à la bibliothèque.

Ce n'était pas le premier livre que j'inventais. Je trouvais ça plus drôle de faire des fiches de lecture sur des romans imaginaires que sur des vrais. Une fois, j'avais présenté un livre intitulé *Les Mille et Une Tablettes de chocolat*. J'en avais décrit des dizaines et des dizaines, tout droit sorties de mon imagination. Quand j'avais été à court d'inspiration, Biscuit m'avait aidée. Ses tablettes étaient toujours gigantesques et fourrées avec des trucs incroyables. Je me souviens d'une tablette chocolat blanc saucisse-purée et d'une autre, chocolat noir œufs-bacon. Mais désormais, Biscuit était mon pire ennemi.

Ma meilleure amie

Il s'agit du meilleur livre que j'aie jamais lu parce qu'il parle de deux filles qui sont meilleures amies.

Elles se connaissent depuis toujours mais elles sont séparées par leurs parents égoïstes et sans cœur. Elles se retrouvent à des centaines de kilomètres l'une de l'autre.

C'est déchirant, je vous assure. Mais c'est aussi le

meilleur livre du monde car l'histoire finit bien. La fille
qui est partie en Écosse revient parce que sa famille
ne se plaît pas du tout là-bas. Ils retournent vivre dans
leur ancienne maison et les deux filles redeviennent
meilleures amies.

J'ai serré le carnet contre mon cœur, fermé les yeux
et souhaité de toutes mes forces que mon histoire se
termine bien aussi.

J'ai entendu Dingo grimper les escaliers. Jack a
passé la tête dans ma chambre.

– Comment va la fontaine à vomi ?

– Ferme-la.

– Hé ho ! C'est toi qui devrais apprendre à fermer
la bouche. J'étais assis en face de toi, je te rappelle.
Beurk ! Et l'odeur ! J'ai dû me changer et prendre une
douche, alors que j'en avais déjà pris une ce matin.

Jackula le vampire a peur de l'eau, bénite ou pas.
Comme si la moindre petite gouttelette risquait de
le désintégrer. Il a un sacré culot de se moquer de
l'odeur de mon vomi, parce que je peux
vous dire qu'il ne sent pas toujours la rose.

– Va-t'en, ai-je marmonné, en enfouis-
sant ma tête dans mon oreiller.

– Perla, écoute… Je suis désolé.

Il s'est assis au bout de mon lit et m'a
pris la cheville.

– Tiens, tu veux essayer de rappeler
Alice avec mon portable ?

– Je n'ai pas son nouveau numéro. Il faut qu'elle m'appelle d'abord. Mais sa mère ne la laissera jamais, elle me déteste, tu sais bien. Elle veut qu'Alice m'oublie. Et c'est peut-être ce qui va arriver, ai-je gémi en fondant en larmes.

Jack est vite sorti de ma chambre. Il ne sait jamais quoi faire face à quelqu'un qui pleure. Peut-être parce qu'il ne supporte pas l'eau.

Il a dû prévenir maman parce qu'elle est montée me voir.

– J'ai dû faire deux machines, et laver la nappe à la main. Ce n'était pas du gâteau, je peux te le dire, m'a annoncé maman en s'essuyant les mains sur son pantalon. Franchement, Perla, tu ne pourrais pas vomir proprement dans les toilettes, comme tout le monde ?

Je gardais la tête enfouie dans l'oreiller.

– Tu pleures ? Jack m'a dit que tu n'avais pas l'air bien. Tu n'as pas mal au cœur, hein ? Parce que si tu dois être à nouveau malade, tu ferais bien de filer aux toilettes.

– Non, je n'ai pas envie de vomir. J'ai mal au cœur parce que je suis triste, ai-je sangloté.

Maman a soupiré. Puis elle s'est approchée pour s'asseoir sur le lit, près de moi.

– Ma pauvre Perlita, a-t-elle murmuré doucement.

C'est comme ça qu'elle m'appelait avant quand j'étais petite, mignonne, et qu'elle espérait encore que je devienne une petite fille modèle comme Alice.

– Elle me manque tellement, maman !

– Oh, allez, Perla, tu en fais un peu trop, là. Elle est partie depuis à peine cinq minutes, elle ne te manque pas déjà, c'est impossible.

– Si ! Alice et moi, on s'est vues tous les jours de notre vie depuis qu'on est nées.

– Oui, c'est vrai… Mais tu vas te faire de nouveaux amis.

– Je ne veux pas de nouvel ami. Combien de fois vais-je devoir te le répéter ?

– Hé, ne prends pas ce ton-là avec moi, a-t-elle grondé en me secouant légèrement.

– Tu ne comprends pas, maman. Imagine, si papa partait vivre en Écosse. Ça t'énerverait qu'on te dise de te trouver un nouveau mari à la seconde même, non ?

– Mmm, a fait maman en haussant les sourcils. Je pourrais me laisser convaincre… Ton père est un peu usé aux entournures.

Elle a secoué la tête en voyant mon expression.

– Je plaisante, ma puce. Je ne changerais de mari pour rien au monde, bien sûr. Mais perdre un ami, ce n'est pas pareil. Tu vois, Karen et moi, on est amies, elle est partie, et je n'en fais pas toute une histoire. Pourtant, elle va beaucoup me manquer.

Peut-être mais maman et Karen n'étaient pas aussi proches qu'Alice et moi, ce n'était pas comparable. Elles allaient à la gym et à la danse ensemble, et parfois à Londres faire un peu de shopping, mais ça s'arrêtait là. Il pouvait s'écouler des semaines sans qu'elles se voient. En plus, maman s'était un peu éloignée de Karen ces derniers temps parce qu'elle la trouvait trop snob et crâneuse. Elle n'arrêtait pas de se vanter en montrant ses nouvelles mèches blondes, sa nouvelle tenue de créateur, son nouveau portable dernier cri…

– Maman ! Le portable de Karen !

– Eh bien quoi ?

– Tu as son numéro ! Oh, je t'en prie, laisse-moi l'appeler.

– Enfin, Perla, elle ne voudra jamais te passer Alice. Elle trouve que tu as une mauvaise influence sur elle. Et c'est vrai, je suis obligée de le reconnaître !

– Mais tu peux insister, maman, allez, juste deux minutes. Je veux savoir si ça va. Imagine, si je pleure, dans quel état elle doit être.

– Ça doit être les grandes eaux, a convenu maman. Bon, on va essayer si tu me promets d'être sage et d'arrêter ce cirque.

– D'accord ! me suis-je exclamée en sautant sur mes pieds.

– Doucement, doucement, tu viens d'être malade, je te rappelle. Et ne t'emballe pas trop vite parce que ce n'est pas sûr que ça marche.

Nous sommes descendues pour appeler du téléphone de l'entrée. Maman a composé le numéro. Attendu. Puis elle a pris une profonde inspiration.

– Allô ? Bonjour, Karen. (Elle avait la voix ultra-pro et très chic qu'elle emploie avec ses clientes : « Bonjour, madame. Que puis-je pour vous ? ») Oui, c'est Liz. Alors comment s'est passé le voyage ? Et les déménageurs ? Donc, ça y est, vous êtes dans la maison de vos rêves ?

Je savais que maman faisait juste la conversation pour être polie et détendre Karen, mais elle avait posé la question fatale. La voix de Karen s'est mise à ronronner dans l'appareil sans interruption. Maman faisait des petits mm-mm polis au début, mais elle commençait à s'impatienter. Impossible d'arrêter Karen quand elle est lancée. Maman a haussé les sourcils. Puis elle a écarté le combiné de son oreille.

Les mots « jardin d'hiver », « baignoire de thalasso » et « douche multijet » bourdonnaient comme des abeilles autour du téléphone. Maman a fait la grimace en articulant sans bruit « bla-bla-bla et bla-bla-bla ». J'ai dû plaquer ma main sur ma bouche tellement je riais. Maman m'a fait les gros yeux mais elle avait le sourire aux lèvres.

– Ça a l'air formidable, Karen, a-t-elle dit. Alice a vraiment de la chance. Tu imagines, avoir sa salle de bains à elle ! Au fait, comment va-t-elle ? Ma Perla est toute triste, elle lui manque énormément. Écoute, je sais qu'elle a vraiment dépassé les bornes dimanche, bien que je ne sois pas sûre qu'elle ait eu toute seule l'idée de fuguer. Enfin, quoi qu'il en soit, penses-tu que tu pourrais la laisser parler cinq minutes à Alice ?

Maman a écouté la réponse de Karen.

– Quoi ? Elle a appelé hier en se faisant passer pour qui ? a-t-elle répété en me fusillant du regard. Oh seigneur, que vais-je pouvoir faire de cette enfant ? Oui, je vais la gronder sévèrement. Bien, et si elle te présente ses excuses, accepterais-tu de lui passer Alice un instant ?

Maman a attendu.

J'attendais aussi, le souffle court. Puis elle m'a tendu le téléphone en souriant.

– Salut, Perl !

– Oh, Alice, c'est affreux, ai-je dit. Tu me manques tellement.

– Je sais, je sais, tu me manques affreusement aussi.

– Tu as pleuré ?

– Des litres ! J'ai les yeux tout rouges. Dans la voiture, j'ai tant pleuré que maman s'est mise en colère.

– Ma mère était furieuse après moi, ai-je expliqué d'une voix coupable, mais maintenant ça va, elle est gentille.

– Oui, la mienne aussi. Et papa pareil. Dans le déménagement, j'ai perdu Pot-de-Miel et tout un carton de jouets. Alors papa m'a acheté un nouvel ours, ou plutôt une oursonne en tutu rose. Elle est trop mignonne avec ses chaussons de danse aux pattes.

– Et la poupée de ma grand-mère ? me suis-je inquiétée. Elle n'a pas été perdue, hein ?

– Non, Mélissa va bien.

– Promis ?

– Je te le jure, Perl. Maman l'a emballée dans du papier-bulle et l'a mise dans un sac spécial avec toutes ses porcelaines. Mais elle a dit que j'aurais dû te la rendre. Tu veux la reprendre, Perl ?

Oui, j'avais très très envie de la ravoir, surtout après la discussion que j'avais eue avec papy, mais je n'ai pas osé l'avouer.

– Non, non, garde-la, Alice. Quand tu te sentiras vraiment seule, tu pourras la serrer dans tes bras en pensant que c'est moi.

– Non, ça froisserait sa robe, a protesté Alice, puis elle a ajouté dans un murmure : Tu sais ce que j'ai fait pendant tout le trajet, dans la voiture ? J'ai serré mon pouce dans ma paume, en imaginant que tu me donnais la main.

– Oh, Alice, ai-je soupiré en recommençant à pleurer.

– Oh, Perl, a soupiré Alice.

J'ai entendu sa mère qui faisait une remarque dans le fond, l'air exaspéré.

– Il faut que je raccroche, Perla, a annoncé Alice.

– Attends, donne-moi ton numéro de téléphone fixe.

– On ne l'a pas encore.

– Et ton adresse ?

– Greystanes, Rothaven, Angus. Je ne connais pas encore le code postal. Mais je vais t'écrire, Perla, c'est promis. Au revoir.

– Tu es toujours ma meilleure amie, hein ?

– Bien sûr, meilleure amie pour la vie.

Et elle a raccroché. La communication était coupée, j'avais l'impression d'être coupée en deux moi aussi. Je me suis laissée tomber par terre, tenant toujours le téléphone, comme si Alice était enfermée à l'intérieur.

– Regarde dans quel état tu es, a fait maman en secouant la tête. C'était censé te remonter le moral. Oh, là, là, arrête ton cinéma. On dirait Roméo et Juliette.

J'avais vu le film avec Arthur et j'avais adoré, même si je n'avais pas compris tout ce qu'ils disaient.

– C'est exactement ce que je ressens. Et tu sais comment ils ont fini, Roméo et Juliette ? *Ils sont morts.*

– Mais pour toi, la vie continue, mon cœur. Tu vois, tu as raté une occasion de récupérer la poupée de ta grand-mère, bécasse. Karen n'aurait pas dû laisser Alice l'accepter. Au fait, qu'est-ce que c'est que cette histoire ? Tu l'as appelée en te faisant passer pour une autre ?

– Oui, Francesca Gilmore-Brown, cette sale petite peste snob qui est dans le même cours de danse qu'Alice. J'ai fait genre : « Je suis affreusement désolée de vous déranger, madame, mais pourrais-je, s'il vous plaît, m'entretenir un instant avec Alice ? » Et Karen est devenue toute mielleuse : « Oh ! oui, bien sûr, Francesca chérie, quel plaisir de t'entendre. Enfin une petite fille riche, jolie et encore plus chic que nous et ô combien plus convenable que cette petite souillon de Perla qui a une si terrible influence sur mon petit ange d'Alice. »

– Tu es un monstre, Perla ! a répliqué maman mais je sentais qu'elle avait envie de rire. Tu imites vraiment bien sa voix, tu devrais faire du théâtre.

Même si ça ne m'avait pas remonté le moral, au moins, j'avais fait rire maman. Je l'ai prise par le cou.

– Merci de l'avoir appelée, maman.

– C'est bon pour cette fois, mais je ne vais pas pouvoir continuer à embêter Karen. Tu sais aussi bien que moi qu'elle ne veut pas que vous restiez amies.

– Oui, mais on s'en moque, on est amies pour la vie.

– D'accord, mais n'oublie pas qu'Alice va aller dans une nouvelle école, qu'elle va se faire de nouveaux amis.

– Non, c'est pas vrai !

– Tu ne veux quand même pas qu'elle reste toute seule dans son coin, si ?

– Euh… non. Bon, elle peut avoir une ou deux copines à l'école. Mais je suis toujours sa vraie meilleure amie.

– Oh, Perla, je ne veux pas que tu aies de la peine, c'est tout, ma chérie.

Mais Alice n'allait pas m'oublier si vite. La preuve, elle m'a écrit tout de suite en mettant son adresse complète au dos de l'enveloppe.

Ma chère Perla,

Tu me manques tellement. Heureusement qu'on a pu se parler au téléphone. Je donnerais n'importe quoi pour que tu sois ici avec moi.

Aujourd'hui, c'était mon premier jour dans ma nouvelle école. J'étais morte de peur. L'école est minuscule et tout est vieux là-dedans, même la maîtresse, Mme MacKay. Elle est tellement sévère qu'à côté M. Baton est un vrai nounours.

Hé, je t'ai parlé de Bella, ma nouvelle peluche ? Elle est trop mignonne avec son tutu de danseuse. Dans ma classe, il y a une fille qui fait de la danse classique et elle a dit que je pourrais m'inscrire à son cours. Elle est sympa.

Il y a aussi un garçon qui m'a dit que Jamie, son copain, me trouvait jolie. Mais tous les autres sont horribles et ils se moquent de ma façon de parler. De toute manière, on n'a pas DU TOUT le droit de parler en classe sinon Mme MacKay se met en colère. Tu ne pourrais pas supporter, Perl.

Je ne t'ai pas encore décrit ma nouvelle maison et ma nouvelle chambre (tout en rose, j'aimerais tant que tu la voies) mais j'ai mal à la main à force d'écrire. Dommage que je n'aie pas d'ordinateur.

Tu me manques.

Plein plein de bisous de ta meilleure amie.

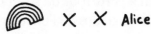 X X Alice

Chère Alice,

Merci beaucoup pour ta lettre, mais peux-tu m'en écrire une encore plus longue la prochaine fois, s'il te plaît ? Si ta main droite commence à fatiguer, prends le relais avec la gauche. Tant pis si ça tremble un peu, ça ne me dérange pas. Sinon tu peux essayer de tenir le crayon entre tes dents ou alors enlève tes chaussures et tes chaussettes, puis glisse-le entre tes orteils. Je voudrais que tu me racontes tout : comment tu vas, si tu pleures, si tu fais des cauchemars, et surtout que tu me dises exactement à quel point je te manque.

Bon, je t'ai préparé un petit questionnaire !

Perla te manque...

a) Pas du tout. En fait, tu ne te rappelles même plus

vraiment qui c'est, pourtant son nom t'est vaguement familier.

b) De temps en temps, quand ton regard tombe sur Mélissa.

c) Beaucoup et parfois tu soupires en murmurant d'une voix triste: «Oh, Perla, j'aimerais tant que tu sois là!»

d) Désespérément. Tu penses à elle tout le temps et tu voudrais revenir ici, comme avant, auprès de ta meilleure amie.

De mon côté, la réponse n'est pas a), b), c) ni même d)... c'est carrément z). Je n'arrête pas de pleurer. Mes yeux sont tout rouges, injectés de sang, et maman doit passer la serpillière toutes les cinq minutes pour éponger mes torrents de larmes. Au fait, l'autre jour, elle a dû sortir toutes ses lessives et ses produits du placard parce que j'ai vomi partout tellement j'étais bouleversée. Il faut dire que j'avais aussi mangé pas mal de gâteaux, de chocolat et de glace. La peine ne me coupe pas l'appétit, au contraire ça me creuse l'estomac.

Attention!

Lorsqu'on va enfin se revoir (quand ??? comment ???), tu ne me reconnaîtras sans doute pas. Je serai aussi énorme que ce gros imbécile débile de Biscuit. Plus grosse, même ! Tu imagines ? Si tu viens coucher à la maison, on ne pourra plus dormir dans le même lit parce que je risquerai de te rouler dessus et de t'aplatir comme une crêpe. L'avantage, si je deviens aussi monumentale qu'un mammouth, c'est que mes parents ne pourront plus me donner d'ordres. C'est moi qui les ferai obéir ! Je dirai : « Allez, donnez-moi des sous ! » et j'irai m'acheter un immense hélicoptère pour filer en Écosse en deux minutes. Je passerai te chercher, et en route pour l'aventure ! Et si ton père et ta mère essaient de nous en empêcher, je les écrabouillerai, d'accord ?

Plein, plein, plein, plein, plein de bisous de ta meilleure amie pour la vie,

Perla

Chère Perla,

Je rédige cette lettre à l'école parce que ma mère m'a interdit de t'écrire. Tu ne devineras jamais ce qu'elle a fait. Elle a ouvert ta lettre ! Bien sûr ça ne lui a pas plu, surtout le passage où tu menaces d'écrabouiller mes parents.

Et l'histoire de l'hélicoptère... Comme si tu pouvais réellement acheter un hélico ! Enfin, bref, elle ne voulait pas que je te réponde. Elle ne veut plus qu'on soit amies, mais ne t'inquiète pas, on restera amies quoi qu'il arrive. J'ai trouvé un autre moyen pour qu'on puisse communiquer. Il y a une fille de ma classe, Flora – tu sais, celle qui fait de la danse –, qui a vu que j'avais pleuré et qui m'a demandé pourquoi. Alors je lui ai parlé de toi, je lui ai tout raconté : que tu me manquais, que ma mère m'interdisait de t'écrire... Elle m'a demandé pourquoi je ne t'envoyais pas un mail, mais moi je n'ai pas d'ordinateur, j'ai juste le droit d'utiliser celui de mon père, mais il me surveille tout le temps. Et là, elle m'a proposé de venir chez elle quand je voulais pour t'envoyer un mail. Je sais que tu n'as pas d'ordinateur, mais tu crois que Jack te laisserait te servir du sien ? Voici l'adresse de Flora : flora.topcool@hotmail.com. J'espère qu'on va pouvoir s'écrire par Internet, Perl !

Au fait, je t'ai décrit ma nouvelle chambre ? Elle est géniale. Flora dit que c'est la plus belle chambre qu'elle ait jamais vue.

Ta meilleure amie pour la vie,

X X X Alice

Chapitre 10

– Viens m'aider à faire la vaisselle, Perla, m'a demandé maman en empilant toutes les assiettes dans l'évier.

– Oh, c'est pas juste ! Pourquoi les garçons ne font jamais rien ? ai-je protesté.

Arthur et Jack ont filé au premier sans demander leur reste.

– Jack, attends !

– Tu passes beaucoup de temps avec Jack, en ce moment, je trouve, a remarqué maman d'un air soupçonneux. Tu es sans arrêt fourrée dans sa chambre.

– Il me montre comment me servir de son ordinateur, ai-je expliqué. Il m'apprend à trouver des trucs sur Internet.

– Mmm…, a-t-elle fait, encore plus soupçonneuse. Quel genre de « trucs » ? Pas des bêtises, j'espère ?

– Enfin, maman ! Non, je fais des recherches…

– Des recherches sur quoi ? C'est pour l'école ?

– Oui, c'est ça, un dossier qu'on doit rendre, me suis-je empressée de répondre.

– Je ne t'ai jamais vue te donner tant de mal pour tes devoirs.

– Tu ne vas pas reprocher à cette enfant de faire son travail scolaire, tout de même, est intervenu papa qui était sur le canapé, dans le salon. Arrête un peu, Liz.

– Oui, maman, arrête un peu ! ai-je répété en évitant de justesse le petit coup de torchon qu'elle tentait de me donner.

J'avais déjà eu plus que ma dose de corvées, j'étais déterminée à échapper au supplice de la vaisselle. Il faut dire que je travaillais dur au service de Jack. Il me laissait envoyer des mails à Alice sur son ordinateur et me gardait ses réponses, mais à quel prix ! Il ne réclamait pas d'argent car il savait que je n'avais pas un sou, mais j'étais son esclave : il fallait que je récupère ses chaussettes sales sous son lit pour les mettre dans le panier à linge, que j'époussette sa collection débile d'avions en papier qui pendaient du

plafond, et même que je rince la baignoire après sa douche !

— Tu ne veux pas que je tire la chasse quand tu vas aux toilettes pendant que tu y es ? avais-je ironisé.

Grave erreur.

J'avais également dû changer son affreuse housse de couette dinosaure, tâche qui me répugnait tout particulièrement. Après, j'étais tellement épuisée que je n'ai pas eu la force de changer mes draps à moi et maman m'a fait la leçon pendant des heures.

— J'étais trop fatiguée, maman, ai-je avoué en toute honnêteté.

Et là, elle a enchaîné : est-ce que je ne pensais pas qu'elle était fatiguée, elle aussi, de tout faire dans cette maison ? N'avait-elle pas le droit de demander un peu d'aide à sa fille ? Ces derniers temps, même Jack faisait des efforts pour mettre son linge au sale et ranger sa chambre, alors qu'il avait tant de devoirs et qu'il se chargeait déjà de promener le chien tous les soirs !

J'aurais bien voulu aller promener Dingo à sa place, mais Jack ne voulait pas. En revanche, quand il l'a lâché dans la rue et qu'il s'est roulé dans le tas de fumier le plus puant qu'il a pu trouver (Dingo, pas mon frère), devinez qui a dû lui donner son bain, à cet idiot de chien ? Moi, bien sûr.

Mais ça valait le coup de se donner du mal. Désormais, je pouvais communiquer sans problème avec Alice. La seule chose qui m'embêtait, c'était de taper un petit message à Flora d'abord. Je ne la sentais pas, cette fille. Enfin, je m'efforçais d'être polie puisqu'elle laissait Alice se servir de son ordinateur.

Salut, Flora. C'est moi, Perla, la meilleure amie d'Alice. Merci beaucoup beaucoup beaucoup de nous permettre de nous écrire. Bon, la lettre ci-dessous est destinée à Alice. Ne la lis pas, hein ?

Ma très chère Alice, comment vas-tu ? Est-ce que je te manque toujours ÉNORMÉMENT ? Eh bien, tu me manques encore plus, si c'est possible. Je me sens si seule, personne ne me comprend et ils sont tous odieux avec moi.

Hé ! Jack a regardé ce que j'écrivais par-dessus mon épaule. Il dit qu'il fait preuve d'une extrême gentillesse en me laissant utiliser son ordinateur. Bon, d'accord, mais à quel prix !

Arthur est assez cool lui aussi. Hier soir, il m'a emmenée au MacDonald's et il m'a acheté un Happy Meal et comme la figurine de Kung Fu que je voulais n'était pas dedans, il m'en a payé un autre… et elle y était ! Maintenant j'ai le bonhomme rouge et le bleu, ils peuvent se battre, super ! Arthur m'a proposé de sortir parce qu'Aïcha dînait avec une copine, mais c'est quand même gentil.

Papy est adorable aussi, sauf qu'il ne veut plus m'acheter de glace ou de gâteau. Papa n'arrête pas de me chatouiller pour essayer de me faire rire. Maman s'était calmée un moment, mais elle est repartie de plus belle et elle est tout le temps sur mon dos.

Enfin, bon, à la maison, dans l'ensemble, ça va. Mais à l'école, c'est l'horreur. Mme Watson a été plutôt sympa au début, mais tu ne devineras jamais ce qu'elle a fait. On doit faire un exposé sur une personne célèbre et elle m'a mise en équipe avec Biscuit ! Pas question que je travaille avec lui ! Vous aussi dans votre école, vous devez travailler par deux ou tu peux rester toute seule si tu veux ?

Bisou-bisou-bisou-bisou !

Ta meilleure amie pour l'éternité, Perla

Salut, Perl !

Merci pour ton long long long message. Je ne peux pas t'écrire autant, ça ne serait pas sympa pour Flora, vu qu'elle me prête son ordinateur. De toute façon, il faut que je me dépêche parce qu'on a cours de danse à cinq heures. C'est la mère de Flora qui nous emmène. J'espère que ça va bien se passer. Flora est super douée, bien meilleure que moi. Pourvu que je ne sois pas la plus nulle.

Qu'est-ce que c'est que cette histoire d'exposé ? Ma pauvre, je te plains de te retrouver avec Biscuit. Ici, ils ont commencé à étudier l'Égypte, ça m'inquiète un peu parce que je n'y connais rien, mais Flora m'a prêté ses cours. Du coup, on travaille ensemble toutes les deux. Elle est vraiment gentille de m'aider. Tiens, regarde :

Ne crois pas que ce soit juste un joli dessin, ce sont des hiéroglyphes égyptiens.

Gros bisous,

Ta meilleure amie, Alice

Salut, Flora. Voici un message confidentiel pour Alice, arrête de lire tout de suite.

Ma chère Alice, tu sais des tas de choses sur les Égyptiens. Tu te souviens quand Arthur nous a emmenées à Londres, on est allées au musée voir les momies. Ça t'a donné la chair de poule, même les momies de chat, mais sinon c'était trop cool ! Je parie que Flora n'a jamais vu de momie en vrai, tu n'as qu'à lui raconter. Tiens, je vais t'inventer une histoire là-dessus. Je vais m'y mettre tout de suite, j'ai déjà une idée : l'histoire d'une terrible malédiction avec une momie qui revient à la vie et il y a ses bandelettes qui tombent avec un peu de chair noire toute desséchée. Un truc qui fait super peur, tu verras, ceux de ta classe vont être sacrément impressionnés. Ne sympathise pas trop avec eux, hein ?

Plein-plein-plein de bisous !

Ta meilleure amie pour la vie qui sera toujours ton amie, Perla

En tout cas, moi, à l'école, je ne sympathisais avec personne. Et surtout pas avec Biscuit. Je ne lui adressais même pas la parole, ce qui était assez ennuyeux pour préparer ce stupide exposé. Alors j'ai trouvé un stratagème, je ne m'adressais pas directement à lui, j'annonçais mes intentions à personne en particulier, en parlant dans le vide.

– Je vais faire mon exposé sur Michael Owen parce que c'est le meilleur footballeur du monde. J'ai des tas d'articles sur lui, je n'aurai qu'à les recopier, tranquille, et à découper quelques photos dans les journaux. J'apporterai peut-être même un de mes posters pour le montrer à la classe.

Je pensais faire preuve d'une extrême gentillesse et d'une grande générosité en épargnant des heures de travail à Biscuit. Mais pensez-vous qu'il a montré quelque reconnaissance ? Non, pas la moindre.

– Je crois que tu as un problème aux yeux, Perla. Quand tu me parles, tu regardes dans le vide. Ça fait froid dans le dos.

– Mais ce n'est pas à toi que je parle, Biscuit. Je t'ai dit que je ne pouvais pas te sentir. Si tu n'étais pas une telle poule mouillée, je t'aurais flanqué une raclée. Je réfléchis à voix haute pour préparer mon exposé, c'est tout.

– Parler tout seul, c'est signe qu'on perd la tête, a commenté Biscuit. Ça ne m'étonne pas. Tu es vraiment bizarre, en ce moment, Perla. Enfin, il ne faut pas contrarier les fous, alors j'arrête. Mais il n'est pas question que je fasse un exposé sur Michael Owen. Je n'aime pas le foot et je ne connais absolument pas ce gars-là.

– Tu n'as pas besoin de le connaître. Je te dis que j'ai toutes les informations qu'il faut.

– Mais j'ai envie de faire quelque chose d'original. Il y en a déjà plein qui ont choisi des footballeurs, Michael Owen ou David Beckham. Moi, j'ai une idée qui sort de l'ordinaire.

– Ah ouais, qui tu veux présenter alors ?

– Le Gros Bruno.

– Qui ?

– Tu n'as jamais entendu parler du Gros Bruno ?

– C'est un groupe de rock ?

– Non, c'est un monsieur. Bruno. Qui est gros. Il anime une émission de cuisine à la télé. Tu as déjà dû le voir. Il porte toujours des costumes à paillettes et il a un diamant en boucle d'oreille.

– Hum, je vois, très chic !

– À chaque émission, il prépare un repas pour des gens différents, des enfants hospitalisés, des vieilles dames en maison de retraite, des mères de famille dans une cité. Au début, ils sont tout tristes, ils s'ennuient, ils sont malheureux, et ils n'ont pas l'air d'avoir très faim, mais le Gros Bruno leur remonte le moral en leur cuisinant un vrai festin et, à la fin, ils ont tous retrouvé le sourire et ils ont l'air de super bien s'amuser. Après le générique, il y a un dessin animé où le Gros Bruno est une baleine qui fait rire tout le monde.

– Il te paie pour faire sa pub, ma parole !

– Non, je le trouve génial, c'est tout. Et il est célèbre. C'est pour ça que je veux faire un exposé sur lui. Je parie que personne d'autre n'aura eu cette idée.

– Ouais, parce qu'il n'intéresse personne, ton gros plein de soupe. Écoute, on va faire un exposé sur Michael Owen, j'ai tous les doc…

– Moi aussi, j'ai les trois livres de cuisine du Gros Bruno.

– Super.

– Avec toutes ses recettes. On pourrait préparer quelque chose pour notre exposé.

– Quoi par exemple ?

– Ce qu'on veut ! On pourrait faire passer des plateaux avec des canapés ou des petits fours salés ou des minipizzas. Et on pourrait faire la cuisine en direct de la classe, comme le Gros Bruno. Je connais toutes ses blagues. Et je lui ressemble un peu, en plus petit. Hé, ma mère pourrait acheter du tissu à paillettes et me fabriquer un costume de Gros Bruno !

– Moi, je pourrais faire une démonstration de foot. J'ai le maillot de Michael Owen, ai-je affirmé mais ma voix manquait de conviction.

Je répliquais pour répliquer, sans vouloir reconnaître

que Biscuit avait eu une idée géniale. Pour lui, en tout cas.

– Bon, imaginons que tu fasses le Gros Bruno, quel rôle je jouerais, moi ?

– Tu pourrais lire les recettes, a-t-il proposé.

– Et je serais ton assistante ? Pas question. Je ferai le Gros Bruno et toi, tu liras les recettes.

– Ne sois pas bête, tu ne lui ressembles pas du tout.

– Je pourrais l'imiter les doigts dans le nez.

– Tu ne l'as jamais vu à la télé ! Tu es vraiment pénible, Perla. Mais je te pardonne, parce que tu es triste et qu'Alice te manque.

– Tout ça à cause de toi.

– Non, et tu le sais très bien.

Oui, dans le fond, tout au fond, je savais que ce n'était pas la faute de Biscuit. On aurait fini par nous rattraper de toute façon. Ou on aurait repris le train pour rentrer à la maison parce qu'on n'aurait trouvé nulle part où habiter à Londres. Mais je n'avais aucune envie de le reconnaître et surtout pas devant Biscuit.

– Tout est de ta faute, gros lard.

– Gros lard à la Bruno ! a-t-il répliqué. Je vais me déguiser en Gros Bruno, tu m'entends.

– Non, ce sera moi. Je vais demander à ma mère de me faire un costume à paillettes et voilà. Maintenant dégage. Je ne te parle plus, tu te rappelles ?

– Pour une fille qui ne parle plus, tu es bien bavarde, je trouve, a-t-il commenté gaiement.

Et il a sorti de son cartable un gros paquet enveloppé de papier d'alu et l'a déballé soigneusement. À l'intérieur, il y avait deux parts de forêt-noire truffées de cerises confites, dégoulinantes de chocolat et de crème fouettée… J'en avais l'eau à la bouche !

Biscuit en a pris une grosse grosse bouchée. Il a léché un par un ses doigts pleins de crème et de chocolat.

– Miam ! C'est une recette du Gros Bruno. Délicieux ! Enfin, je ne devrais pas dire ça, vu que c'est moi qui l'ai fait.

– Tu n'as pas pu faire un gâteau pareil tout seul ! me suis-je exclamée.

– Si ! Ma mère m'a un peu aidé, c'est tout.

– Tu veux dire que tu l'as aidée, oui.

– Crois ce que tu veux, Perla, mais tu verras quand je ferai mon exposé. Je suis un grand chef !

– Quand je ferai le Gros Bruno, tu verras comme je suis douée en cuisine, ai-je répliqué, le cœur battant.

J'étais sûre que je n'aurais aucun problème pour imiter le Gros Bruno après avoir regardé son émission, en croisant les doigts pour que maman veuille bien me fabriquer un costume, à paillettes ou non. Mais la cuisine, c'était autre chose.

Avec Alice, on avait essayé de faire des crêpes, un soir où maman rentrait tard du travail et où papa dormait. J'avais bien observé ma mère à la Chandeleur, ça avait l'air super facile. Alice n'en était pas si sûre. Et elle avait raison.

J'avais battu des œufs avec du lait et de la farine, mais ça avait fait plein de grumeaux. J'espérais qu'ils disparaîtraient à la cuisson. Mais non… alors j'avais fait chauffer la poêle plus fort. Pendant ce temps-là, je bavardais avec Alice en grignotant des raisins secs, puis j'avais trempé mes doigts dans le beurre et dans le sucre, car je commençais à avoir l'estomac dans les talons. Soudain, j'avais senti une drôle d'odeur. Après enquête, j'avais découvert que ma crêpe pleine de grumeaux était devenue toute noire. Bon, il fallait la retourner en la faisant sauter dans la poêle. Grossière erreur ! Les morceaux de pâte calcinée avaient voleté dans tous les coins, éclaboussant la cuisinière de graisse.

On s'était efforcées de nettoyer tant bien que mal, sans y parvenir vraiment. La poêle était complètement carbonisée, impossible de la ravoir.

Je préférais ne pas me rappeler ce qui s'était passé lorsque maman était rentrée. Souvenir trop cuisant. Je ne m'étais plus jamais essayée à la cuisine.

– Bon, écoute. Laisse-moi être le Gros Bruno et je te donne un morceau de mon gâteau, a proposé Biscuit en me fourrant la deuxième part sous le nez.

Quelle délicieuse odeur de chocolat !

J'en avais tellement envie.

Et je n'avais aucune envie de cuisiner. Ni d'avoir un costume à paillettes. Ni même de regarder l'émission du Gros Bruno à la télé. Mais je ne pouvais pas céder maintenant. Pas face à Biscuit.

Je n'avais pas envie de faire la paix.

– Beurk ! me suis-je exclamée. Je déteste le gâteau au chocolat. C'est moi qui ferai le Gros Bruno, un point c'est tout.

Chapitre 11

— Tu as déjà entendu parler de Gros Bruno, papy ?
ai-je demandé alors que nous rentrions de l'école.

— Oui, c'est un grand chef, et un sacré numéro !
J'aime bien son émission, mais je préfère Nigella.

Et il s'est mis à radoter à propos de ce Nigella jusqu'à ce que je le tire par la manche.

— Mais, papy, c'est Gros Bruno qui m'intéresse.
Quand passe son émission ? Je voudrais regarder.
Pourquoi je ne l'ai jamais vue ?

— C'est à sept heures et demie. Ta mère doit être
devant son feuilleton à ce moment-là. Je peux t'enregistrer Gros Bruno si tu veux, poussin.

— Et tu saurais faire ses recettes, papy ?

— Tu plaisantes ? Je ne suis pas un de ces « nouveaux hommes ». Je suis un vieux bonhomme à l'ancienne, tout juste capable de faire réchauffer une
conserve de haricots à la tomate, tu sais bien.

Il a soupiré.

— Ah, je donnerais n'importe quoi pour un bon-
rosbif-purée comme le faisait ta grand-mère ! Et ses

crèmes renversées, et ses tartes aux pommes, et son cake…

– Peut-être que je tiens d'elle. Comme ça, je pourrai te cuisiner des bons petits plats, papy.

– Tu es douée pour des tas de choses, ma petite perle, mais je ne suis pas sûr que tu sois un cordon-bleu. Ta mère m'a raconté l'épisode désastreux des crêpes.

– Elle m'a privée d'argent de poche pendant des semaines pour se payer une nouvelle poêle. Et elle ne s'en sert presque jamais parce que, d'après elle, les graisses cuites, c'est mauvais pour la santé. Papy, maman ne fait pas de rosbif-purée, mais le dimanche, c'est poulet rôti. Pourquoi tu ne viens pas déjeuner chez nous ?

– Tu es mignonne, Perla, mais le week-end, je mange au pub, ou alors je travaille, quand il leur manque un chauffeur. La prochaine fois que j'assure

un mariage, je pourrais t'emmener faire un autre tour en Rolls si tu veux. Qu'est-ce que tu fais, samedi ?

– Rien, ai-je soupiré.

Effectivement, le samedi, je ne savais pas quoi faire de moi. J'ai tanné Jack pour qu'il me laisse envoyer un long mail à Alice. Je me disais qu'elle passait peut-être l'après-midi chez Flora, et qu'elle pourrait me répondre tout de suite. Mais apparemment non. J'avais envie d'avoir de ses nouvelles, mais en même temps, j'étais soulagée qu'elles ne passent pas leurs week-ends ensemble. Cette Flora ne me disait rien qui vaille. J'avais l'impression qu'elle voulait devenir la meilleure amie d'Alice. Mais elle n'avait aucune chance, je le savais.

Arthur m'a proposé d'aller au parc. Il a pris son vélo et m'a laissée m'amuser et essayer de faire des figures. Ça ne marchait pas à tous les coups et, à la troisième chute, j'ai un peu égratigné la peinture. J'ai

retenu mon souffle. Arthur tient beaucoup à son vélo, et il est comme neuf. Mais il n'a rien dit. Il était plus inquiet pour mes genoux. Il a craché sur un mouchoir et a frotté pour les nettoyer.

– Ouille ! me suis-je exclamée. Désolée d'avoir abîmé ton vélo, Arthur.

– C'est bon.

– Je suis nulle.

– Mais non, tu te débrouilles bien. Tes jambes sont un peu courtes pour mon vélo, c'est tout. Il faudrait qu'on t'en trouve un à ta taille.

– Tu rêves…, ai-je répliqué parce que ça coûte une fortune.

– On pourrait en prendre un d'occasion, je te le réparerais. Ce serait ton cadeau d'anniversaire.

C'était dans un mois. Mon premier anniversaire sans Alice.

– Je n'ai pas envie de le fêter.

– Ne sois pas bête, Perl. On va faire une super fête, tu verras, m'a promis mon frère.

Il essayait d'être gentil avec moi (même s'il me faisait affreusement mal aux genoux), mais je ne pouvais pas faire semblant.

– Ça ne sera pas une fête si Alice n'est pas là, ai-je dit avant d'éclater en sanglots.

Maintenant que j'avais commencé, je ne pouvais plus m'arrêter. Comme Arthur n'avait plus de mouchoirs pour m'essuyer les yeux, il m'a installée sur le porte-bagages et m'a vite ramenée à la maison.

Heureusement que maman était au travail, sinon elle m'aurait grondée pour mes genoux.

– Il faut qu'on les nettoie bien et qu'on mette quelque chose dessus pour ne pas que ça s'infecte, a décrété Arthur. Où est papa ?

Il n'était pas sur le canapé devant la télévision. Il n'était plus dans son lit. Mais le taxi était encore garé devant la maison, ce qui signifiait qu'il n'était pas encore parti travailler.

– Où est-il passé ? s'est inquiété mon frère en me prenant par la main. Dans le jardin, tu crois ?

Récemment, maman lui avait fait une scène pour qu'il tonde la pelouse, mais l'herbe était toujours haute et parsemée de pissenlits. On n'entendait pas la tondeuse, cependant un bruit de scie montait du fond du jardin.

– Papa ?

Un cri étouffé a résonné dans la vieille remise.

– Papa, qu'est-ce que tu fabriques ? a demandé Arthur en m'entraînant dans le jardin. Regarde, Perla s'est fait mal.

– Quoi ? a hurlé mon père sans arrêter de scier.

Arthur a poussé la porte de la remise.

– Regarde ses genoux.

Mais papa lui a refermé la porte au nez.

– Papa ?

– Une seconde.

Je l'entendais s'affairer, puis il nous a ouvert. Il avait jeté une bâche sur son établi.

– Qu'est-ce qu'il y a là-dessous ? ai-je hoqueté.

– Rien, rien ! Oh, mon Dieu, dans quel état tu es ! s'est exclamé papa. Que va-t-on faire de toi, Perla ? Tu es de tous les mauvais coups.

Les coups, j'avais plutôt l'impression de les avoir reçus. J'étais défaite. Complètement abattue.

Je n'avais envie de rien. J'ai passé le reste de la journée affalée sur le canapé de papa, à regarder la télévision. Mais je n'étais pas concentrée. De temps à autre, je fixais le vide et je voyais Alice. Son fantôme me faisait signe et me disait que je lui manquais.

Parfois, elle pleurait. Mais parfois, elle souriait. Pas

à moi mais à cette peste de Flora. Puis elles me disaient au revoir et s'éloignaient, bras dessus, bras dessous.

Quand maman est rentrée du travail, elle m'a trouvée en larmes. Elle a cru que c'était à cause de mes genoux. Elle en a fait toute une histoire.

— Les dernières écorchures venaient juste de guérir, bécasse. Que vais-je faire de toi, hein ? Comment veux-tu que je t'habille bien, avec une jolie petite robe, si tu es toujours couverte de bleus et d'égratignures ? m'a-t-elle demandé en me désinfectant les genoux.

— Aïe ! Je n'ai pas envie d'être bien habillée. Je n'aime pas me faire belle. Et je déteste les robes.

— C'est sûr, cette mignonne petite robe jaune n'a plus la même allure, a convenu maman en secouant la tête. Tu es vraiment pénible, Perla. Quel gâchis ! Moi qui pensais que tu pourrais la mettre pour ton anniversaire…

— Je ne veux pas fêter mon anniversaire cette année, ai-je annoncé. Pas sans Alice.

— Mais bien sûr que si, a affirmé maman. Tu pourras inviter d'autres amis.

— Je n'ai pas d'autres amis.

— Ne sois pas bête, tu en as plein. Tiens, ce garçon qui a un drôle de surnom. Comment c'est déjà ? Cookie ? Chocolat ? Nougat ?

— Je ne vois absolument pas de qui tu veux parler, maman, ai-je menti.

— Enfin, bref, commence à réfléchir à qui tu veux inviter.

J'ai rentré le menton en marmonnant :

– Alice.

Maman a soupiré :

– Il doit bien y avoir des filles que tu aimes bien, dans ta classe, Perla.

– Oui, il y en a qui sont sympas, mais ce ne sont pas mes amies.

– Peut-être que, justement, vous pourriez devenir amies si tu les invites à ton anniversaire. Bon, qu'est-ce que tu vas mettre ? En fait, tu n'aimes pas le jaune, hein ? Tu voudrais une robe de quelle couleur ?

J'ai haussé les épaules. Je pensais au message qu'Alice avait glissé dans la manche de cette horrible robe jaune canari. Les larmes ruisselaient sur mes joues.

– Arrête de pleurer bêtement, maintenant, m'a ordonné maman, mais elle s'est assise sur le canapé à côté de moi et m'a prise dans ses bras. Une robe bleue ? Tu aimes le bleu, ma Perla ?

Elle a baissé les yeux vers mes genoux écorchés.

– Je perds mon temps à te parler de robe, je crois. Et si on t'achetait un joli petit pantalon avec un T-shirt sympa ? Ça te plairait, ma puce ?

– Je sais ce qui me ferait plaisir, me suis-je soudain écriée. J'aimerais un beau costume à paillettes !

Maman m'a dévisagée, surprise.

– Un beau costume à paillettes ? a-t-elle répété, incrédule. Ne dis pas de bêtises, Perla.

J'ai préféré ne pas trop insister. Il fallait y aller doucement. En plus, je ne savais pas encore exactement quel genre de costume je voulais.

Mon grand-père a pensé à enregistrer l'émission du Gros Bruno et il me l'a montrée après l'école la semaine suivante.

– C'est pas mal. Ce Gros Bruno est un sacré rigolo, a-t-il commenté. Et quelle publicité pour sa cuisine ! Tu as vu le morceau ?

Le Gros Bruno était effectivement très gros. Son

costume rouge à paillettes était immense. Il faudrait prévoir un coussin à glisser sous ma veste pour me remplumer un peu. Si maman acceptait de me faire ce costume. Elle répétait qu'il n'était pas question que sa petite fille porte une tenue pareille pour son anniversaire. J'espérais qu'elle allait finir par céder.

J'ai observé le Gros Bruno avec beaucoup d'attention. Quand l'émission a été terminée, j'ai demandé à papy si on pouvait la regarder à nouveau.

— Encore ? Tu es vraiment un drôle de numéro, ma perle. Tu as un petit faible pour le Gros Bruno ? J'ai remarqué comment tu le fixais, complètement fascinée. Ne me dis pas que tu es amoureuse !

Il haussait les sourcils en faisant des bruits de bisou-bisou.

— Non, je ne suis pas amoureuse, je voudrais juste lui ressembler.

Papy a écarquillé les yeux.

— Ça alors, tu m'étonneras toujours, mon poussin.

Mais il a rembobiné la cassette et me l'a repassée.

Le Gros Bruno sautillait dans tout le studio, on aurait cru que ses chaussures en daim étaient montées sur ressorts. Il agitait les bras comme un moulin à vent. Il saupoudrait sa poêle d'épices en jouant des maracas. Il goûtait son gâteau au chocolat en se léchant lentement les babines comme le plus gourmand des chatons lapant un bol de lait.

Lorsque papy est sorti de la pièce pour aller préparer le thé, j'en ai profité pour essayer de sautiller, de bouger, de sourire comme lui. J'étais surexcitée. Je sentais que ça venait, je commençais à bien l'imiter.

Mon grand-père m'a promis de m'enregistrer toutes les émissions du Gros Bruno.

— Je pense qu'on doit pouvoir trouver des cassettes de ses anciennes émissions. Si ça te plaît vraiment, je pourrais t'en acheter pour ton anniversaire.

— Oh, papy, tu ne vas pas t'y mettre, toi aussi ! me suis-je exclamée. Tout le monde me demande ce que je veux pour mon anniversaire. C'est gentil, je sais, mais je veux juste un costume à paillettes comme le Gros Bruno.

— Ouh là ! Et qu'est-ce que ta mère a dit quand tu lui as annoncé ça ?

— Elle va m'en faire un.

– Ah bon ? s'est étonné mon grand-père.

– Oui, peut-être… Tu ne saurais pas coudre, papy, par hasard ?

– Je suis un as pour recoudre les boutons, mais un costume à paillettes, c'est me demander un voyage sur la lune !

– Je ne veux pas aller sur la lune, papy. Juste en Écosse. Jack a regardé les tarifs des billets d'avion sur Internet, mais ça coûte plus de cent livres alors c'est foutu pour que j'y aille !

– Hé, surveille ton langage, jeune Perla ! Qui sait, tu pourras peut-être aller en Écosse pour les vacances un de ces jours.

– Non, papa aime se dorer au soleil sur la plage, il dit qu'en Écosse il fait trop froid. Maman aime faire du shopping alors que la maison d'Alice est en pleine campagne et qu'il n'y a pas une seule boutique dans le coin. Et puis, ce sera trop tard aux grandes vacances. Je veux voir Alice maintenant, pour notre anniversaire !

Et hop, je me suis mise à pleurer. Papy m'a prise sur ses genoux. J'ai enfoui mon visage dans son vieux pull-over, réconfortée par son odeur.

– Pourquoi tu te fais tout un monde de cet anniversaire, poussin ? m'a-t-il demandé.

– Pour notre anniversaire, Alice et moi, on fait toujours le vœu de rester amies pour la vie entière. Mais cette année, on ne sera pas ensemble et j'ai peur parce qu'Alice a une nouvelle amie, Flora. Elle ne parle que

165

d'elle dans ses mails. Et si Alice l'invite pour son anniversaire, qu'elles coupent le gâteau ensemble et qu'elles font le vœu d'être amies pour la vie ?

J'y pensais depuis des jours et des jours, les mots avaient fait leur chemin dans mon cerveau comme de petits asticots. Et maintenant que je les avais prononcés tout haut, ils bourdonnaient dans toute la pièce comme des guêpes furieuses, qui m'attaquaient de toutes parts.

Chapitre 12

Papy m'a affirmé que Flora ne pourrait pas me remplacer. Qu'Alice ne la connaissait que depuis cinq minutes alors qu'elle me connaissait depuis toujours. Il a dit qu'Alice et moi, on était plus proches que des sœurs et que, même si on était séparées, on serait toujours là l'une pour l'autre, amies pour la vie. Il m'a raconté que mamie et lui étaient restés très proches même lorsqu'il avait travaillé en Arabie Saoudite et qu'ils avaient été des mois sans se voir.

Je l'ai écouté, mais j'étais toujours inquiète.

Je m'inquiétais, je m'inquiétais. J'envoyais de longs mails à Alice chaque jour. C'était un supplice de devoir passer par Flora. Quel nom idiot ! Dans ma tête, je la surnommais Pissenlit. J'en avais assez d'entendre vanter ses talents de danseuse, sa belle chambre et ses jolis habits. Elle avait l'air ridicule avec ses hauts riquiquis qui découvraient son nombril, ses minijupes moulantes et ses chaussures à talons de dame. Moi, mon bidon, je préfère le cacher, je déteste être serrée dans une jupe qui m'empêche de courir et je trouve stupide de porter des talons qui vous font trébucher et marcher en titubant avec les fesses qui ressortent.

J'ai dû mentionner quelques-uns de mes arguments dans un de mes mails. Je savais que la mère d'Alice ne la laissait pas porter ce genre de tenues parce que c'était encore une petite fille et qu'elle n'avait pas à s'habiller comme pour aller en boîte de nuit. Et de toute façon, Alice avait toujours partagé mon avis sur la question, mais là, elle m'a répondu : « Tu es vraiment irrécupérable, Perla. » Et elle a enchaîné sur les nouvelles mules à talons que Flora lui avait prêtées parce qu'elles faisaient exactement la même pointure et qu'elle était « tellement sympa ».

Moi, je voyais clair dans son jeu à cette mauvaise herbe. Elle n'était pas sympa du tout. Elle voulait juste me piquer ma meilleure amie. Je n'avais aucune idée de ce qu'étaient des « mules à talons », en plus. C'était ridicule. Les mules ont des sabots, elles ne portent pas de talons.

J'ai demandé à maman qui m'a gentiment expliqué de quoi il s'agissait.

— Pourquoi, Perla ? Tu veux des mules ? Tu es trop jeune pour porter des talons, mais si tu veux changer un peu de tes vieilles baskets, on va t'acheter une nouvelle paire de chaussures, a-t-elle proposé avec empressement.

— Maman ! Je ne veux pas de chaussures. Je veux juste un costume à paillettes.

Elle a soupiré.

– Oh, tu ne vas pas recommencer. Je n'ai pas envie que ma fille ressemble à un travesti !

– Mais tu vas parfois travailler en tailleur-pantalon, maman. Et tu n'es pas un travesti !

– Ne fais pas ta maligne avec moi, Perl ! Tes cheveux sont tout ébouriffés. Qu'est-ce que tu as fabriqué ?

Je m'étais arraché les cheveux en écrivant mon dernier mail à Alice, mais j'ai préféré ne rien dire. Je me suis laissé peigner bien sagement.

– Voilà ! Ils pourraient être très beaux, si tu les arrangeais un peu. Et ils seraient magnifiques si tu les laissais pousser.

– En fait, je me disais justement que j'avais envie de les faire couper, ai-je répondu.

Le Gros Bruno avait les cheveux très courts. Dans l'idéal, j'aurais aimé me les faire raser, mais je savais que maman sauterait au plafond si je lui en parlais.

J'allais avoir quelques soucis pour ressembler au Gros Bruno, mais pas question d'abandonner. Je l'imitais très bien. Mais il fallait que je sache un peu cuisiner.

J'ai adressé un grand sourire à maman en battant des cils.

– Tu as quelque chose dans l'œil, Perla ?

– Non, non, ça va, maman. Je suis désolée de ne pas être une petite fille modèle comme Alice. Mais j'aimerais apprendre.

Ma mère n'en revenait pas.

– Oh, ma puce ! Bien sûr, je vais t'aider. Je vais te montrer comment te coiffer. Peut-être qu'on pourrait te faire une petite manucure, tu as toujours les ongles noirs. Et si tu reprenais les cours de danse et…

– Ah non, pas la danse ! Mais tu pourrais m'apprendre à cuisiner. J'aimerais vraiment vraiment savoir préparer de bons petits plats. Tu veux bien ? Allez ! S'il te plaît !

– Eh bien, je ne pense pas qu'on puisse s'attaquer aux crêpes dès le départ, a répondu ma mère. Mais ça me ferait plaisir que tu m'aides à préparer le dîner. On mange du gratin de chou-fleur.

– Oh, beurk, je déteste ça. On ne peut pas faire des spaghettis bolonaise ?

– Perl, tu es vraiment incroyable. Tu es la seule personne dans cette famille qui puisse encore prononcer ce mot alors que c'est toi qui as vomi partout ! Non, on mange du gratin de chou-fleur que ça te plaise ou non.

C'était surtout l'odeur que j'avais du mal à supporter… et l'aspect : ces morceaux de chou-fleur tout mous baignant dans la sauce blanche. J'étais sûre que ce n'était pas une recette du Gros Bruno mais, au moins, c'était de la cuisine et j'avais besoin d'entraînement.

Ma mère m'a chargée de râper le fromage pendant qu'elle lavait et coupait le chou-fleur. J'en ai râpé une montagne. J'ai voulu en grignoter un petit bout pendant qu'elle avait le dos tourné, mais elle m'a vue et elle m'a fait la leçon.

– Maman, tu sais bien que tous les grands chefs goûtent leurs plats. C'est comme ça qu'ils créent ! ai-je déclaré avec aplomb en en reprenant un petit morceau.

– Arrête ! Tu vas laisser la marque de tes dents dans mon fromage, petit cochon. Et le cuisinier goûte une fois que c'est cuit, pas quand les ingrédients sont encore crus. Allez, continue à râper, je vais préparer la sauce.

Alors j'ai râpé, râpé, râpé. J'essayais de faire ça en rythme.

J'ai même inventé une chanson en battant la mesure avec la râpe à fromage.

Et je râpe, râpe, râpe le fromage
C'est le rap, rap, rap du râpage
Et on rape, rape, rape à tout âge
Qu'on soit sage, sage, sage ou pas sage
Quand je rape, rape, rape, je sors de ma cage
Et je rape, rape, rape pour exprimer ma rage
En râpant-pant-pant mon fromage !

– Perla ! a crié maman.

Elle m'a fait sursauter. Et je me suis râpé le pouce. Il s'est mis à saigner sur mon tas de fromage, le teintant instantanément en écarlate. Maman a dû jeter mon cheddar sanguinolent et recommencer en prenant un nouveau morceau.

Je l'ai regardée faire, en agitant mon pouce enrubanné d'un pansement tout neuf.

– Qu'est-ce que je peux faire, maintenant, maman ?

– Sors de mes pattes, Perla. Je t'en prie. Va mettre le couvert si tu veux me donner un coup de main.

– Mais ce n'est pas de la cuisine ! ai-je protesté. S'il te plaît, laisse-moi t'aider. Tu râles toujours parce que je ne m'intéresse pas aux trucs de filles et, pour une fois que j'essaie, tu ne m'encourages même pas.

Maman a soupiré mais, quand elle a eu fini de râper le fromage, elle m'a montré comment faire la sauce. J'ai essayé d'apprendre la recette par cœur en enfaisant une chanson, toujours en rap.

Pour faire mon bonheur
Fais fondre du beurre
Pas d'la margarine.
Ajoute la farine
Petit à petit,
Ce sera sans souci.
Puis verse le lait,
Mélange, ça, tu sais,
Et mets le fromage
Comme une enfant sage…

Je chantais en dansant dans la cuisine. J'allais créer ma propre émission de télé, *Rap la cuisine*, je deviendrais aussi célèbre que le Gros Bruno. Je chanterais toutes mes recettes en rap en battant la mesure avec les ustensiles-siles-siles ! J'ai fait une pirouette, les bras grands ouverts, j'imaginais déjà les tonnerres d'applaudissements du public. Mon geste a été un peu trop théâtral, j'ai bousculé maman et la casserole a volé dans les airs…

Et j'ai été de nouveau punie. Autant vous dire que je ne me suis pas régalée avec mon gratin de chou-fleur quand on l'a mangé, un siècle plus tard.

– Alors, d'après ce que j'ai entendu, notre Perla

est un vrai petit cordon-bleu, a ironisé papa avant de partir au travail.

Les hurlements de maman avaient dû résonner dans toute la maison.

– Ce n'est pas drôle, a-t-elle répliqué. Elle a interdiction formelle de mettre un pied dans cette cuisine !

– Bravo, Perl, m'a glissé Arthur avec un grand sourire.

Je n'avais pas le cœur à rire, moi. J'étais d'accord avec maman. Ce n'était pas drôle du tout. Comment allais-je pouvoir m'entraîner si je n'avais pas le droit d'entrer dans la cuisine ? J'ai décidé de demander à papy si je pouvais cuisiner chez lui.

Le lendemain, à l'école, ça a été terrible. Biscuit était insupportable, il n'arrêtait pas de parler de son costume à paillettes. Sa mère était allée à Londres pour lui trouver exactement le tissu qu'il fallait. Le Gros Bruno devait avoir un faible pour les feux tricolores, car il possédait un costume rouge, un orange et un vert émeraude.

– J'ai choisi le vert, s'est vanté Biscuit.

– Pour me rendre verte de jalousie, c'est ça ? ai-je répliqué. D'accord, j'aurai un costume rouge et tu seras rouge de colère.

– Arrête tes bêtises. C'est moi qui vais faire le Gros Bruno, et tu le sais. Je lui ressemble.

– Moi aussi, je lui ressemblerai.

– Mais tu n'as pas de costume à paillettes.

– J'en aurai un. Ma mère va me le faire.

– Eh bien, elle a intérêt à se dépêcher. Tu as entendu, on doit présenter notre exposé dans quinze jours, c'est Mme Watson qui l'a dit. Et le meilleur remportera un prix.

– C'est dans des siècles, ai-je répondu d'un air désinvolte alors que, en réalité, je commençais vraiment à paniquer.

J'allais devoir regarder l'émission du Gros Bruno tous les jours et m'entraîner sérieusement à cuisiner.

À la sortie de l'école, j'ai foncé rejoindre papy.

– Bonsoir, ma perle. Pourquoi cours-tu comme ça ? m'a-t-il demandé en me prenant la main.

— Je veux regarder le Gros Bruno et essayer une recette avant que maman vienne me chercher, ai-je expliqué.

— Ouh là ! D'accord pour l'émission, mais pour la cuisine, j'aimerais mieux pas. J'ai eu ton père au téléphone aujourd'hui. Je ne veux pas que tu te râpes un autre doigt, d'accord ?

Il a tapoté doucement mon pouce enrubanné.

— Mais il faut que je m'entraîne, papy. Tu crois que je pourrais venir ce week-end pour qu'on apprenne à cuisiner ensemble, alors ?

— J'ai déjà quelque chose de prévu, ce week-end, poussin, a-t-il répondu avec un drôle de sourire.

— S'il te plaît, papy !

— Non, je ne peux pas, ma chérie. Je travaille.

— Oh, dommage ! Il est nase, ton boulot !

— Hé, surveille ton langage. C'est un bon boulot, ma puce. Surtout ce week-end. Une vieille dame s'est fait mal à la jambe alors qu'elle était en visite chez sa fille, il faut que j'aille la chercher et que je la ramène à Londres, chez son autre fille. Elle a peur de l'avion et elle ne peut pas prendre le train parce que sa jambe doit rester allongée. Elle veut voyager confortablement, alors je vais prendre la Mercedes.

Je me demandais pourquoi papy me racontait tout ça.

— Et devine où je dois aller la chercher, Perla ! a-t-il lancé, les yeux brillants. En Écosse, à une cinquantaine de kilomètres de chez Alice. Alors j'ai pensé que tu pourrais m'accompagner pour ce petit voyage. Si on monte vendredi soir, tu pourras passer toute la journée de samedi avec Alice. Qu'est-ce que tu en dis ?

– Oh, papy !

Je me suis jetée à son cou et je l'ai serré très fort dans mes bras.

Chapitre 13

J'étais tellement surexcitée que j'avais l'impression de flotter dans les airs. Mais maman m'a vite ramenée sur terre.

– Ton grand-père a perdu la tête. Tu ne peux pas faire l'aller-retour jusqu'en Écosse en un week-end. De toute façon, cette vieille dame ne te laissera pas monter dans sa voiture, Perla, c'est absurde. Et puis imagine la tête de Karen quand tu sonneras à sa porte. Elle pense que tu as une mauvaise influence sur Alice et elle a raison.

J'avais l'impression que maman avait une massue à la main et qu'elle me donnait des coups sur la tête pour m'enfoncer. Je suis effectivement revenue sur terre. J'ai même traversé le plancher, je me suis enfoncée dans le sol jusqu'à avoir le menton sur la moquette.

Papa sommeillait sur le canapé, comme d'habitude.

Mais il a ouvert les yeux. Et il s'est levé. Il s'est approché de maman.

– Qu'est-ce qui se passe ?

Elle lui a raconté.

– Ton père n'avait pas le droit de mettre cette idée saugrenue dans la tête de Perla. Regarde dans quel état elle est.

– Laisse-moi y aller, je t'en supplie, maman. Papy a dit qu'il n'y avait pas de problème, ai-je sangloté.

– Il peut dire ce qu'il veut, je suis ta mère et j'ai décidé que tu n'irais pas.

Papa a soulevé sa tasse de café. Il en a pris une longue gorgée.

– Tu as raison d'écouter ton grand-père, Perla, je suis ton père et je dis que tu peux y aller.

J'ai dévisagé papa, maman l'a regardé aussi.

– Qu'est-ce qui vous prend ? C'est complètement ridicule. Ton père a perdu la tête.

– Non, pas du tout, a répliqué mon père. Il ne supporte pas de voir Perla si triste parce qu'Alice lui manque. Je ne comprends pas pourquoi tu es contre.

Papa sait ce qu'il fait. Il n'y a pas conducteur plus prudent. Il se reposera bien avant. Si la compagnie de taxi l'apprenait, elle n'apprécierait sûrement pas, bien sûr, mais il est conscient du risque et ça le regarde. Perla ne prendra pas beaucoup de place à l'arrière de la Mercedes. Elle pourra même tenir compagnie à cette vieille dame. Et, d'accord, on sait tous que notre Perla n'est pas en odeur de sainteté chez les parents d'Alice, mais je doute fort qu'ils lui claquent la porte au nez, tout de même. On peut laisser les filles passer une journée ensemble ! Ça sera comme si elles fêtaient leur anniversaire en avance.

Papa a repris une gorgée de café. Il devait avoir la gorge sèche. Il n'a pas l'habitude de dire autant de choses en une seule fois.

En principe, c'est maman qui parle le plus, mais là, il lui avait cloué le bec. Je retenais mon souffle.

Elle a regardé papa. Elle m'a regardée. Puis elle a secoué la tête.

– C'est de la folie. J'ai l'horrible pressentiment que ça finira dans les larmes.

– De toute façon, la pauvre puce est déjà en larmes, a répliqué papa. Il faut la laisser y aller.

Maman a soupiré. Haussé les épaules.

– D'accord, je ne peux pas lutter contre vous deux. Elle n'a qu'à y aller.

J'ai sauté en l'air, j'étais tellement contente que j'ai presque touché le plafond. J'ai réussi à convaincre Jack de me laisser son ordinateur cinq minutes, alors

qu'il était en train de faire des recherches pour un exposé sur notre galaxie (quel ennui).

J'ai eu une pensée pour mon exposé, mais finalement ce n'était plus si important que ça. J'allais laisser Biscuit jouer le rôle du Gros Bruno, finalement, vu qu'il était gros, qu'il avait un costume à paillettes et qu'il savait cuisiner. Je ne comprenais pas pourquoi j'en avais fait toute une histoire. Maintenant la seule chose qui m'intéressait, c'était que j'allais voir Alice !

Hello, Flora. S'il te plaît, transmets ce message à Alice AUSSI VITE QU'IL EST HUMAINEMENT POSSIBLE.

Chère Alice,
Je ne sais pas si tu as quelque chose de prévu samedi, mais si c'est le cas, décommande tout de suite,

parce que devine quoi, devine quoi, devine quoi… Avec mon grand-père, on part pour l'Écosse vendredi soir et il me déposera chez toi samedi matin. C'est GÉNIAL, non ? J'ai tellement hâte. Mais ne le dis pas à ta mère, vu qu'elle me déteste.

Bisous de ta meilleure amie pour la vie,

Perla

J'espérais que cette gourde de Pissenlit allait filer chez Alice pour lui porter le message, mais tu parles ! J'ai dû attendre des heures avant de recevoir la réponse. Je harcelais Jack, craignant qu'il ait par mégarde effacé mon message ou que, pris dans son exposé, il l'ait envoyé au fin fond de la galaxie. Mais, en fin de compte, Alice m'a répondu.

Chère Perla,

Quelle bonne nouvelle ! J'ai hâte de te voir. Sais-tu à quelle heure tu dois arriver ? Et quand tu repars ? Le problème, c'est que, d'habitude, je vais faire les courses avec maman, le matin. Mais ne t'en fais pas, je lui dirai que j'ai mal à la tête, aux oreilles ou je ne sais où pour rester à la maison. Enfin, il ne faut pas que j'en fasse trop, sinon elle va m'envoyer chez le docteur. Mais ne t'inquiète pas, je trouverai un prétexte. Flora va m'aider, elle a toujours de bonnes idées.

Bisous,

Alice

Je n'ai pas trop apprécié le passage sur Flora. Pourquoi Alice tenait-elle à la mêler à ça ? C'était moi qui avais toujours de bonnes idées. Et des mauvaises. J'étais réputée pour ça.

D'ailleurs, je venais d'avoir une idée géniale. Papa avait dit que ce serait un peu notre anniversaire en avance, alors il nous fallait un gâteau d'anniversaire. On pourrait souffler les bougies ensemble et souhaiter de rester amies pour la vie. Comme ça, on serait encore tranquilles pour un an.

Cependant, il y avait un léger problème. Je ne savais pas comment faire un gâteau d'anniversaire.

Mais je connaissais quelqu'un qui savait.

– Salut, Biscuit, ai-je lancé le lendemain en arrivant à l'école.

Il m'a regardée d'un drôle d'air.

– Qu'est-ce que t'as ?

– Rien du tout.

– Alors pourquoi tu me souris comme ça ?

– Ben, on est copains, non ?

– Perla, tu as perdu la mémoire ou quoi ? Avant, on était amis. Mais après l'histoire d'Alice, tu n'as

plus voulu m'adresser la parole. Tu voulais qu'on soit des ennemis mortels. Tu voulais même me flanquer une raclée, et tu m'as fichu la trouille, vu que je suis la plus mouillée des poules mouillées. Maintenant, on a conclu une sorte de trêve pour faire notre exposé sur le Gros Bruno et...

– À ce propos, tu te souviens, ta forêt-noire de l'autre jour, ça ferait un excellent gâteau d'anniversaire, non ?

– Mouais, a-t-il répondu d'un ton hésitant.

– Tu crois que tu pourrais me donner la recette, Biscuit ?

– Bien sûr, je la connais par cœur. Alors, voilà ce qu'il faut faire...

Et il m'a tout expliqué. J'avais l'impression qu'il parlait une langue étrangère.

– Attends, attends, ai-je dit alors que je tentais tant bien que mal de noter. Comment peut-on battre le beurre et le sucre en crème ? On rajoute de la crème par-dessus ?

Biscuit a éclaté de rire, comme si je venais de faire une bonne blague. Puis il a vu ma tête.

– Tu n'as jamais fait de gâteau, Perla ?

– Eh bien... pas vraiment. Pas un vrai gâteau, non.

Quand on était petites, Alice et moi, on faisait des pâtés de terre qu'on décorait avec des boutons-d'or et des pâquerettes en disant qu'il s'agissait de gâteaux, mais ils n'étaient pas comestibles.

J'ai soudain été prise d'une terrible appréhension :

même si j'utilisais les bons ingrédients, mon gâteau risquait d'être immangeable !

– C'est super facile de battre le beurre et le sucre en crème, a affirmé Biscuit, surtout si ta mère a un bon mixer.

– Ma mère ne me laissera jamais toucher à ses ustensiles. De toute façon, je ne crois pas qu'elle ait un mixer. Elle achète nos gâteaux d'anniversaire tout prêts. Je ferai ce gâteau chez mon grand-père, mais je ne crois pas qu'il en ait un non plus.

– Il a des moules à pâtisserie ? Et un tamis ? Et une douille pour écrire « Joyeux anniversaire » avec le glaçage ?

– Non. Non. Et non encore, ai-je soupiré.

– Bon, tu n'as qu'à passer chez moi après l'école, tu pourras emprunter les ustensiles de ma mère. Et je te montrerai comment faire le gâteau, a proposé Biscuit.

Son visage rayonnait de bonté et de générosité. Pourtant j'avais été odieuse avec lui ces dernières semaines. Je l'avais coincé dans les toilettes pour tenter de lui mettre une raclée. Je l'avais insulté. J'avais essayé de l'empêcher de faire un exposé sur son idole.

Et il n'avait pas tenté une seule fois de se venger. Biscuit avait vraiment un cœur grand comme ça !

Mon cœur à moi s'était racorni dans ma poitrine, il n'était pas plus gros qu'un grain de sable.

– Tu es vraiment adorable, Biscuit, ai-je remarqué d'une toute petite voix.

Il a souri.

– Oh, ne crois pas ça. C'est un vrai plaisir de te faire culpabiliser.

J'ai fait mine de l'assommer. Il a fait semblant de me tirer les cheveux. On a esquissé coups de poing et coups de pied pendant quelques minutes, comme si on faisait de la boxe ou du kung-fu, puis on s'est écroulés, tordus de rire.

En arrivant dans la classe, Mme Watson nous a trouvés pliés en deux, en train d'échanger des petits coups du bout de l'index.

– Vous vous battez ? a-t-elle demandé d'une voix hésitante.

– Vous assistez à un duel mortel de doigts, madame Watson. Mais ce n'est pas facile de lutter contre Biscuit tellement il est gr… fort et musclé.

– C'est sûr, a-t-elle acquiescé. Bon, bien que je sois

très heureuse de vous voir réconciliés pour ce combat peu ordinaire, je pense que vous êtes plutôt ici pour apprendre. Relevez-vous, allez vous installer à vos bureaux, sinon c'est moi qui vais vous taper… et avec ma règle !

Lorsque papy est venu me chercher à la sortie de l'école, je lui ai demandé si je pouvais aller chez Biscuit pour un cours de pâtisserie.

– Vous pouvez venir aussi, monsieur, lui a proposé Biscuit.

– C'est très gentil de ta part, jeune homme, mais je ne voudrais pas vous embêter.

– Tu ne nous ennuies pas du tout, papy. Tu vas apprendre à faire des gâteaux aussi. Biscuit est un vrai chef. Je suis sûre que le Gros Bruno ne fait pas mieux.

– C'est vrai que Biscuit ressemble comme deux gouttes d'eau à ton ami Gros Bruno, a remarqué mon grand-père. Pourquoi ce n'est pas lui qui joue son rôle pour l'exposé ?

Il y a eu un court instant de silence.

– Oui, papy, tu as raison, ai-je reconnu. D'accord, Biscuit, c'est toi qui joueras le Gros Bruno pour l'exposé.

Biscuit se mordait les lèvres pensivement.

– Je crois qu'on pourrait tous les deux faire le Gros Bruno. Ce serait plus juste, a-t-il déclaré.

Et il a convaincu papy de venir chez lui avec nous.

– Si tu es sûr que ça ne dérange pas ta maman, a

répondu mon grand-père. En parlant de maman, Perla, il faut qu'on appelle ta mère pour lui dire où on est.

Alors il a téléphoné à son travail. J'ai bien vu qu'elle le mitraillait de questions à l'autre bout du fil. Le combiné collé à l'oreille, papy a marmonné : « Oui, Liz. Non, Liz. » plusieurs fois. Quand il a articulé sans bruit « Cause toujours, Liz », j'ai eu le fou rire.

En arrivant chez Biscuit, papy a préféré rester à la porte plutôt que d'entrer directement.

– Va d'abord demander à ta maman si c'estd'accord, mon garçon, c'est plus correct.

Et il s'est frotté l'oreille comme si la voix de maman lui bourdonnait encore dans les tympans.

– Oh, pas de problème, a assuré Biscuit. Ma mère aime bien que j'invite des amis à la maison.

– Oui, mais peut-être que moi, elle ne m'aimera pas, ai-je répliqué. Je connais des mamans qui ne m'aiment pas.

Mais Mme Petit-Lu m'a accueillie avec un grand sourire en ouvrant la porte.

– Je te présente Perla, maman, a annoncé Biscuit, tout content.

– Bien sûr ! J'ai beaucoup entendu parler de toi, mon chat, a-t-elle dit, puis elle a souri à papy. Vous êtes le papa de Perla ?

– Son grand-père !

– Eh bien, ça alors, je n'aurais jamais cru ! Vous n'avez pas l'air assez vieux pour un grand-père.

Elle disait ça pour le taquiner, mais papy était ravi.

Dans la famille Petit-Lu, tout le monde a le sourire aux lèvres. Quand il est rentré de son salon de coiffure, après le travail, M. Petit-Lu souriait.Il m'a ébouriffé les cheveux en me demandant si je venais de les faire couper.

– Non, je suis censée les laisser pousser, mais j'ai pas envie. J'aimerais les avoir tout courts. Vous ne voudriez pas me faire la boule à zéro ?

M. Petit-Lu a éclaté de rire.

– Je ne suis pas sûr que ça plairait à ta maman, ma puce. Tu ferais mieux de lui en parler d'abord.

J'ai décidé de garder cette idée dans un coin de ma tête, en attendant le bon moment.

La grand-mère de Biscuit nous a servi le thé avec le sourire. Pour mon grand-père, elle avait choisi une tasse marquée « Super beau mec », ça l'a fait rigoler, papy. Finalement il a préféré rester assis sur le canapé avec la mamie plutôt que de prendre un cours de pâtisserie avec moi. Elle lui a montré son vieil album photo. Ils n'arrêtaient pas de rire en commentant les tenues qu'ils portaient à l'époque.

Polly, la petite sœur de Biscuit, souriait aussi, allongée dans son transat de bébé. Elle agitait ses petits poings fermés et remuait ses jambes roses bien dodues. Biscuit est génial avec elle. Il a posé son transat sur la table de la cuisine pour qu'elle puisse voir ce qu'on faisait. Et il lui parlait sans arrêt, il la chatouillait sous le menton, ou il lui chantait une comptine en jouant avec ses doigts de pied. Polly poussait des petits cris de joie en regardant son grand frère avec les yeux brillants.

Je me demande si Arthur jouait comme ça avec moi quand j'étais petite. Pas Jack, ça, c'est sûr, il a horreur des bébés.

Je n'aime pas trop ça non plus, en principe. J'ai dit poliment que Polly était très mignonne. Je ne pouvais pas dire « jolie », elle était dodue et rose comme un petit cochon, et complètement chauve.

– Je peux la sortir de son transat pour que tu la prennes dans tes bras si tu veux, a proposé Biscuit.

– Ça va pas ! me suis-je écriée. Je risquerais de la faire tomber.

Maman me répète tellement que je suis brusque et maladroite… J'avais déjà l'estomac noué à l'idée de faire une bêtise dans cette belle cuisine. Et c'est vrai que j'ai versé la farine un peu vite, si bien qu'on se serait cru en pleine tempête de neige, mais Biscuit s'est contenté de rigoler. Et sa mère aussi !

Il m'a montré comment m'y prendre. Il m'a montré le truc du machin en crème. Au début, le beurre et le

sucre ont formé une grosse boule pas très ragoûtante, mais au bout d'un moment, à force de mélanger, la pâte est devenue lisse et crémeuse. Puis Biscuit m'a expliqué que, le meilleur moment, quand on fait un gâteau… c'est quand on lèche le bol. Là, je n'ai eu aucun mal à l'imiter.

Papy tenait à rembourser tous les ingrédients à Mme Petit-Lu mais elle n'a rien voulu entendre. Alors il leur a promis de tous les emmener faire un tour dans la Mercedes.

– Mais pas ce week-end. J'emmène cette jeune fille faire un petit voyage dans le nord du pays, a-t-il expliqué en m'adressant un clin d'œil.

– Tu vas voir Alice ? s'est exclamé Biscuit.

– Ouaip, ça va être chouette, hein ?

– Mm. Sans doute. Alors, il est pour elle, ce gâteau ?

– On va le manger ensemble, oui. Pour fêter notre anniversaire en avance. Quand on le sortira du four, tu me montreras comment le décorer en écrivant dessus ?

– D'accord.

– C'est assez long, ce que je veux mettre dessus : *Alice et Perla, meilleures amies pour la vie.* Tu crois que ça va tenir ?

– Mm. Sans doute.

Visiblement, Biscuit en avait un peu assez de faire la cuisine. Il a rempli la douille de glaçage pour que je m'entraîne sur du papier sulfurisé pendant que le gâteau cuisait. Puis il m'a tourné le dos et s'est occupé de Polly. Elle gloussait, ravie, devant toutes ses grimaces.

Moi, j'avais un peu de mal. Ce n'était pas facile d'écrire avec ce machin. Les traits étaient tout trem-blotants et les boucles dégoulinaient.

Biscuit s'est mis à jouer à « Coucou » avec Polly. Chaque fois qu'il criait « Coucou ! », je sursautais et ça faisait un pâté.

– Put…, ai-je commencé, puis je me suis inter-rompue, levant des yeux inquiets vers Mme Petit-Lu.

Heureusement, elle n'avait rien entendu, elle était en train de laver la vaisselle.

– Je vais y arriver ! me suis-je énervée.

– Mais oui, m'a encouragée Biscuit, continue à t'entraîner.

– C'est ce que je fais. Aide-moi, Biscuit. Remontre-moi comment on fait, je t'en prie !

En soupirant, il s'est approché, il a posé ses grosses mains sur les miennes et a appuyé doucement sur la douille. Je l'ai laissé faire et il a marqué :

PERLA ÉCRIT

COMME UN COCHON.

– D'accord, très bien, ai-je répliqué en reprenant la douille. Tiens, donne-moi ça. Je vais réessayer.

Et toute seule, j'ai écrit en tremblotant :

BISCUIT EST UN

SUPER COPAIN.

Alors il a retrouvé le sourire.
Et il ne l'a plus quitté.

Chapitre 14

J'ai adoré le voyage en Mercedes. Papy n'arrêtait pas de me demander si je voulais quelque chose à boire, à grignoter ou une couverture sur mes jambes en m'appelant lady Perla. Vers six heures du soir, nous nous sommes arrêtés dans un restaurant d'autoroute où nous avons tous les deux englouti une gigantesque assiette pleine de bacon, de saucisses, de haricots à la tomate et de frites. Papy m'a laissée mettre du ketchup sur les miennes avec le flacon en plastique qu'on retourne. Je voulais écrire :

miam, délicieux !

Mais c'était trop long, alors j'ai juste écrit :

miam !

Lorsque nous avons repris la route, papy a allumé Radio Nostalgie et m'a chanté plein de vieilles chansons sur lesquelles il avait dansé avec mamie. J'ai chanté avec lui, mais petit à petit on a perdu la fréquence, et moi, j'ai perdu mon énergie.

Je me suis blottie sur la confortable banquette en cuir, la tête sur un coussin, emmitouflée dans la couverture, et j'ai dormi comme un loir. J'ai vaguement senti que papy me prenait dans ses bras, toujours enveloppée dans la couverture, comme un bébé dans ses langes. Il m'a portée jusqu'à une maison plongée dans l'obscurité et m'a couchée dans un petit lit de camp.

Je me suis rendormie aussitôt. Quand je me suis réveillée, le soleil brillait, c'était le matin, et je me trouvais dans une chambre parfaitement inconnue, avec papy qui ronflait dans le grand lit.

Je me suis levée et j'ai exploré la chambre. J'ai glissé un œil entre les rideaux. Je m'attendais à voir des montagnes, des lacs, des vaches à poils longs des Highlands et des messieurs en kilt. Mais j'ai découvert une rue tout à fait banale, bordée de maisons grises, avec un vidéo-club, un marchand de journaux et un traiteur chinois, exactement comme dans mon quartier. Un homme est sorti d'un magasin, avec son journal sous le bras et une bouteille de lait, mais il était en pantalon – même pas à carreaux.

– Qu'est-ce que tu regardes, poussin ? a marmonné mon grand-père.

– L'Écosse. Mais ce n'est pas franchement dépaysant.

– Attends d'être chez Alice, elle habite en pleine campagne.

– On peut y aller tout de suite ?

– Bientôt, après manger.

Nous avons pris un bon petit déjeuner écossais que nous avait préparé Mme Campbell, la dame qui tenait l'auberge. Nous avions une petite table pour deux, papy et moi, dans une grande salle à manger, avec les autres clients. J'ai tâté la nappe.

– C'est du tissu écossais ? ai-je demandé.

– Oui, mam'zelle. C'est l'tarrrtan de la famille

Campbell, un clan trrrrès célèbrrre en Écosse, a répondu mon grand-père en essayant d'imiter l'accent écossais.

Mais Mme Campbell l'a bien pris. En riant, elle nous a servi une double ration de porridge.

– Tu sais qu'en Écosse on mange le porridge avec du sel, m'a confié papy.

– Laisse-le manger ses flocons d'avoine avec du sel s'il veut, ma puce. Toi, prends du sucre brun et du lait crémeux, m'a dit Mme Campbell en me tendant le sucrier et le pot à lait. Mais garde de la place pour les smokies.

Je n'avais aucune idée de ce que cela pouvait bien être. Il s'agissait en fait de délicieux poissons fumés au beurre fondu. En plus, Mme Campbell m'a enlevé les arêtes. Puis elle nous a apporté des toasts avec un pot de marmelade.

– J'adore l'Écosse, ai-je déclaré.

– Moi aussi, a acquiescé papy en se frottant le ventre.

– Et si on s'installait ici, papy ? Toi et moi. Tu pourrais trouver une place de chauffeur dans le coin et moi, j'irais à l'école d'Alice. Ce serait génial ! Je m'occuperais de la maison. Et j'ai fait de gros progrès en cuisine, pas vrai ? La maman de Biscuit a dit que mon gâteau était délicieux. Je te ferais des gâteaux tous les jours. Ce serait la belle vie, non ?

– Et que fais-tu de tes parents, d'Arthur, de Jack et de ton dingo de chien ?

– Oh, ils me manqueront un peu, bien sûr, mais je préfère vivre avec toi tout près de chez Alice.

– Bon, on va déjà voir comment se passe la journée. On ne fait pas de projets à long terme, à mon âge, a répondu papy. Surtout après un bon repas comme ça. Maintenant tiens-toi tranquille une minute que je regarde la carte. Il faut que je repère le trajet pour aller chez ton amie.

En définitive, ça a pris plus longtemps que prévu. Nous avons traversé la campagne. Comme papy me l'avait promis, j'ai vu des paysages désolés, d'immenses montagnes et des lacs bleus. J'avais beau regarder dans chaque pré, il n'y avait que des vaches parfaitement ordinaires… puis, tout à coup, j'ai repéré une grosse bête rousse poilue, avec de grandes cornes.

J'ai poussé un cri qui a fait sursauter papy. Il s'est retourné en râlant :

– Bon sang, Perla, qu'est-ce qui se passe ? J'ai failli avoir un accident.

– Une vache des Highlands. Regarde, papy !

– Oh, là, là, là, là ! C'est pas vrai ! s'est exclamé ironiquement papy en s'essuyant le front.

Mais il m'a souri.

– Désolé, poussin, je ne voulais pas te crier dessus. Je me demande juste si ta mère n'avait pas raison. On est un peu fous de faire ça. Et si Alice n'est pas là quand on arrive ?

– Elle sera là, papy, promis, ai-je répondu gaiement.

– Comment peux-tu en être si sûre ?

– Fais-moi confiance.

– Bien, à supposer qu'ils soient là, et si ses parents ne veulent pas que tu la voies ? Ils étaient très en colère après toi à cause de cette histoire de fugue.

– Papy, même cette grosse vache de Karen ne va pas nous envoyer promener alors qu'on a fait des centaines de kilomètres !

– Hé, ho, attention, jeune demoiselle, pas de gros mots !

– D'accord, d'accord. Ne t'inquiète pas, papy. Tout va bien se passer.

– Oui, mais imagine qu'Alice ne soit pas aussi contente que toi de te voir…

Je l'ai dévisagé. Je ne comprenais pas. Comme s'il parlait une langue étrangère. Peut-être qu'il commençait effectivement à perdre la tête.

– Mais Alice sera forcément contente de me voir, enfin ! ai-je répliqué.

Nous avons fini par trouver leur village. Nous avons fait le tour deux fois, puis nous nous sommes arrêtés pour demander notre chemin. Nous nous sommes trompés de rue, nous avons tourné du mauvais côté. Mais finalement, nous avons remonté une longue allée bordée d'arbres et de buissons, nous avons débouché dans une clairière… et découvert la maison.

Et quelle maison ! Je comprenais pourquoi Karen n'arrêtait pas d'en parler. C'était une immense bâtisse de pierre grise, presque un château, avec des tas de fenêtres à vitraux et une grande porte en bois cloutée. On aurait dit un manoir où il faut payer la visite.

– Alice n'habite pas là, ce n'est pas possible.

– Bon sang de bonsoir ! Ça alors, un vrai palace ! Si, ça doit être là, la voiture de son père est garée devant.

– Regarde, à la fenêtre tout en haut, c'est Mélissa ! Tu reconnais ses anglaises ?

Puis j'ai repéré une seconde tête.

– Et voilà Alice !

En regardant par la fenêtre, elle nous a aperçus. Aussitôt elle a disparu et, quelques secondes plus tard, la grande porte en bois s'est ouverte et Alice s'est ruée dehors.

– Perla !

– Oh, Alice ! Alice ! Alice ! ai-je crié en sautant hors de la voiture.

Nous nous sommes jetées dans les bras l'une de l'autre, pleurant et riant en même temps.

– Ah, ces deux-là ! a commenté papy en s'essuyant les yeux.

– Tu as prévenu tes parents ? ai-je demandé.

– Je l'ai dit à papa.

Bob sortait justement de la maison. Comme j'avais l'habitude de le voir en costume, je l'ai à peine reconnu. Il était en tenue de campagne avec une chemise à carreaux, une veste sans manches matelassée, un pantalon de velours et des bottes en caoutchouc. C'était telle- ment ridicule que j'ai explosé de rire. Par chance, il a cru que je riais parce que j'étais contente de revoir Alice. Il m'a tapoté la tête avant de serrer la main de grand-père en disant qu'il était vraiment gentil d'avoir fait cette longue route. Il contemplait la Mer- cedes, stupéfait.

– Nouvelle voiture ? a-t-il demandé d'une petite voix.

Papy a souri avec malice.

– Oui, vous savez, en vieillissant, on apprécie son petit confort, a-t-il répondu. Bon, j'ai toutes sortes de choses à faire. Je peux vous laisser Perla et revenir la chercher à l'heure du dîner ?

– Bien sûr, bien sûr, a répondu Bob.

Mais il a eu l'air inquiet quand Karen s'est mise à crier :

– Alice ? Bob ? Où êtes-vous passés ?

Elle est apparue sur le seuil, dans un pantalon moulant et un pull en mohair blancs. Et en me voyant, elle est devenue aussi blanche que son chan- dail.

– Perla ! Petit monstre, tu as encore fugué ?

Puis elle a aperçu mon grand-père. Et elle est devenue toute rouge.

– Excusez-moi, je ne voulais pas…

– C'est un petit monstre, nous sommes bien d'accord, a approuvé papy en me passant le bras autour du cou. Mais cette fois, tout est ma faute. Comme les affaires m'appelaient en Écosse, j'ai proposé à Perla de m'accompagner. J'espère qu'elle peut rester jouer avec Alice aujourd'hui ?

– Eh bien, nous avions prévu de sortir…, a commencé Karen.

– Maman ! s'est écriée Alice. Je veux profiter de Perla !

– Tu promets d'être sage comme une image, Perla ? m'a demandé papy.

– Oui, ne vous inquiétez pas, vous ne me reconnaîtrez pas, ai-je assuré.

– Eh bien, tu peux peut-être rester pour déjeuner alors…

– Maman ! a répété Alice. Il faut qu'elle reste aussi pour le dîner.

– Mais on reçoit les Hamilton. Je ne sais pas si on aura de quoi…

– Pas de problème, il y aura largement assez, j'ai apporté un gâteau, ai-je annoncé. Je l'ai fait toute seule. Enfin, presque. Pas vrai, papy ?

– Oui, mon poussin. Mais il vaut peut-être mieux que tu ne restes pas si ça ennuie les parents d'Alice, a-t-il ajouté en fronçant les sourcils.

– Non, non. Nous sommes heureux d'accueillir Perla, évidemment. Et vous aussi.

Karen a pris une profonde inspiration et nous a adressé un sourire forcé.

– Quel plaisir. Voulez-vous qu'on vous fasse visiter la maison ? Bien sûr, il va nous falloir un peu de temps pour tout arranger à notre goût, mais j'espère que vous voudrez bien nous excuser si tout n'est pas parfait…

Et c'est comme ça que papy a été entraîné dans la visite guidée. Il a soigneusement essuyé ses chaussures avant d'entrer et s'est extasié devant l'extra-ordinaire volume des pièces, les merveilleux tapis épais, les fantastiques éclairages et les magnifiques vues qu'on avait par les fenêtres. Dès que Karen avait le dos tourné, papy faisait la grimace et s'épongeait le front.

Alice ouvrait la marche.

– Tu vas voir ma chambre, Perla. Tu vas voir ! répétait-elle.

Mais nous avons d'abord dû admirer la chambre de ses parents et leur somptueuse salle de bains particulière. Karen a même fait fonctionner la douche multi-jet, qui nous a légèrement éclaboussés, obligeant papy à essuyer ses lunettes.

– Voici la chambre d'amis, a-t-elle annoncé en ouvrant la porte suivante.

Mais elle l'a refermée aussitôt en se mordant les lèvres.

– Enfin… elle n'est pas encore aménagée. Il n'y a même pas de lit pour l'instant.

Je suis sûre qu'elle mentait. Elle voulait surtout éviter de devoir nous héberger pour la nuit.

– Et maintenant, la chambre d'Alice.

– Il était temps ! a murmuré mon amie en me prenant la main pour m'entraîner à l'intérieur.

Je m'étais essuyé les pieds, moi aussi, mais je me demandais s'il ne valait pas mieux que j'enlève carrément mes chaussures. La moquette était rose pâle avec, au pied de son lit, un tapis rose plus foncé… en forme de rose. Sa couette était blanche avec des fleurs roses, assortie à ses rideaux à froufrous. Elle n'avait pas changé d'armoire ni de commode, mais ils avaient été peints en rose-rose, de la même teinte que le tapis. Alice avait un bureau rose flambant neuf où étaient disposés avec soin un carnet et une trousse recouverts de peluche rose et plusieurs feutres roses.

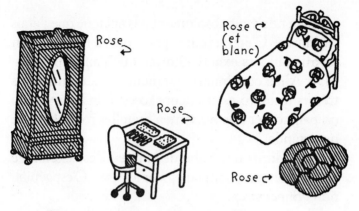

Rose

Rose (et blanc)

Rose

Rose

– C'est très… rose, ai-je remarqué.

C'est alors que j'ai vu Mélissa, sur l'appui de fenêtre. Mon cœur s'est emballé.

– Sa robe… elle est rose !

Alice a souri.

– Oui, elle est belle, hein ? C'est Flora qui me l'a donnée. Elle a une poupée en porcelaine qu'elle a appelée Mlle Rose, et on a échangé leurs vêtements. Comme ça, Mélissa est assortie à ma chambre !

J'ai avalé ma salive et je me suis tournée vers papy mais, tout occupé à complimenter Karen sur sa décoration au pochoir, il n'avait rien remarqué.

Mélissa était affreuse dans cet horrible machin rose à volants. J'avais terriblement envie de lui remettre sa belle robe blanche, mais je n'osais pas faire un scandale, j'avais promis d'être sage comme une image.

207

Alice ne s'était absolument pas aperçue que j'étais contrariée. C'était étrange parce que, d'habitude, on savait toujours exactement ce que l'autre pensait. Mais Alice continuait gaiement à me montrer ses trésors roses, roses et encore roses. Elle avait même un peignoir et une nuisette à bretelles roses, comme une grande.

– On dirait une robe de soirée ! s'est exclamée Alice. Comme ça, je peux jouer les stars. C'est génial, non ? Super sexy !

Elle gigotait bêtement en tenant la nuisette devant elle.

– Non, ça, c'est sexy, ai-je répliqué en me déhanchant sur la pointe des pieds pour imiter une strip-teaseuse que j'avais vue à la télé (j'avais juste eu le temps de l'apercevoir parce que maman avait tout de suite éteint).

– Qu'est-ce que tu fabriques, Perla ? s'est étonnée Karen.

– Hé ho, tu te calmes, Perla, m'a grondée papy. Je te rappelle que tu as promis d'être sage. Si tu commences comme ça, Karen ne va pas vouloir que tu restes jouer avec Alice.

– Si, si, bien sûr, elle peut rester. Jusqu'au dîner. Enfin… pour dîner, je veux dire. Ce sera bien. Pour Alice.

Mon grand-père a dit qu'il ferait mieux d'y aller car les affaires l'attendaient. Je l'ai serré fort fort dans mes bras. Bizarrement, tout à coup, je n'avais plus tellement envie qu'il me laisse ici. Qu'est-ce qui me prenait ? J'avais tellement hâte de revoir Alice… mais là je ne la reconnaissais plus. Comme si elle avait été peinte en rose pimpant et recouverte de froufrous.

Papy est allé chercher le gâteau dans la voiture et il l'a donné à Karen. Elle est restée en bas dans la cuisine à préparer le dîner de ce soir. Le père d'Alice sifflotait dans le jardin. Alice et moi, nous nous retrouvions seules dans sa chambre.

Je l'ai regardée. Elle m'a regardée.

– Alors… elle te plaît, ma chambre ?

– Oui, elle est belle.

Je me suis assise avec précaution au bout de son lit. Elle s'est assise à côté de moi.

– Et mes nouvelles affaires, elles te plaisent ?

– Oui, oui, elles sont très jolies. Mais c'est affreux que tu aies perdu Pot-de-Miel !

– Oh, il était vieux et tout abîmé. Je préfère largement mon oursonne en tutu. On n'arrête pas de

m'acheter des affaires neuves. Maman a dit que je pourrais peut-être même avoir une télévision.

– Rose avec des froufrous ? ai-je demandé.

– Non, je ne crois pas que ça existe, m'a-t-elle répondu avec le plus grand sérieux.

– Pourquoi tu ne demandes pas plutôt à avoir un ordinateur ? Comme ça, on pourrait s'envoyer des mails sans avoir à passer par Flora.

– Ça ne la dérange pas. Elle est vraiment sympa, tu sais. Tu vas la voir tout à l'heure. Elle vient dîner avec ses parents.

– Mais… tu savais pourtant que je venais, ai-je protesté.

– C'est maman qui les a invités. Tu vas adorer Flora. Elle est géniale.

– Je pensais qu'on allait fêter notre anniversaire à l'avance, toi et moi.

– Mais c'est dans des semaines ! s'est étonnée Alice.

– Et alors ? J'ai fait un gâteau pour qu'on puisse faire notre vœu d'anniversaire.

– Un vrai gâteau ?

– Oui, attends de voir, tu vas être surprise ! ai-je assuré.

– Perla, tu ne sais pas cuisiner.

– Si ! Et en plus Biscuit m'a aidée.

– Beurk ! Tu veux me faire manger un gâteau que Biscuit a touché avec ses gros doigts !

– C'est un vrai cordon-bleu. Il regarde les émissions du Gros Bruno. On va faire un exposé sur lui à l'école.

– Drôle d'idée ! Hé, tu veux voir le dossier sur l'Égypte qu'on prépare avec Flora ? Elle a fait la plupart des textes et moi les illustrations. Dans l'Égypte ancienne, on dessinait les gens de profil et je suis douée pour faire les nez.

– Tu crois que les Égyptiens marchaient en crabe dans la réalité ? ai-je demandé en mimant la scène.

– Ne sois pas bête, Perl ! Regarde, j'ai dessiné une momie. Les hiéroglyphes m'ont pris un temps fou. Et j'ai tout entouré en doré pour montrer que c'est la momie de quelqu'un de très important, une personnalité royale.

– C'est un homme ou une femme ?

– Difficile à dire. Ils se maquillaient tous les yeux.

– Et si c'était une momie truquée ? Tu ouvres le sarcophage, tu en trouves un autre plus petit, et encore un autre, et ainsi de suite, comme les poupées russes. À la

fin, tu découvres une momie de bébé avec des bandelettes décorées avec des héropifs ou je ne sais quoi de
petits lapins, de cigognes et de canetons jaunes.

– Oh, Perla ! s'est exclamée Alice, mais elle s'est
mise à pouffer. Regarde, j'ai aussi dessiné une momie
de chat. C'est toi qui m'y as fait penser. Elles ont l'air
bizarres avec leur corps tout en longueur comme ça.

– Je me demande s'ils momifiaient d'autres animaux, ai-je repris. Tu imagines une momie de vache !
Sacré boulot pour bander ses quatre pattes. Et puis
elle aurait un long cou tout maigre avec une grosse
tête et des cornes au bout. Ou mieux, une momie de
girafe avec un cou interminable !

– Je ne crois pas qu'il y ait des girafes en Égypte, a
remarqué Alice, mais elle avait le fou rire.

Je me suis enroulée dans sa couette et j'ai tendu le
cou, les yeux exorbités, comme si j'étais une girafe
momifiée.

Alice riait tellement qu'elle s'est écroulée sur son lit.

– Oh, Perla. Qu'est-ce que tu m'as manqué ! Tu es
tellement drôle.

Nous nous sommes amusées toute la matinée en
faisant les folles dans la chambre d'Alice. J'avais
l'impression que tout ce rose s'effaçait petit à petit et
qu'on se retrouvait dans son ancienne chambre.

Je me suis raidie à nouveau lorsque Karen nous a
appelées pour le déjeuner. Plus je suis stressée, plus
je suis maladroite. Heureusement elle n'avait pas
prévu un repas-ne-pose-pas-tes-coudes-sur-la-table-

et-tiens-toi-bien-comme-il-faut, elle nous avait préparé des hot dogs, des chips et de la salade dans des assiettes bleues en plastique. Et elle, elle s'est contentée de la salade.

– Tu n'aimes pas les hot dogs, Karen ? ai-je demandé.

– Une petite salade me suffit, a-t-elle répondu.

Mais elle n'avait pas franchement l'air de se régaler avec ses carottes râpées et ses feuilles de laitue.

– Elle est encore au régime ! a soupiré son mari. Je ne vois pourtant pas pourquoi tu veux maigrir. Je te trouve superbe.

Et il a fait semblant de lui donner une tape sur les fesses.

– Arrête, Bob, s'est-elle défendue, mais elle n'avait pas l'air trop en colère.

Il nous a fait une grimace et on a rigolé.

La mère d'Alice avait sorti du ketchup pour assaisonner les hot dogs. C'était tentant… J'ai écrit Perla en rouge tomate sur le mien. Alice a essayé de m'imiter mais c'était tout tremblotant.

– Comment tu as fait, Perla ? s'est-elle étonnée.

– J'ai de l'entraînement. Attends de voir ton gâteau ce soir !

Si seulement j'avais demandé à ce qu'on le mange tout de suite, mon beau gâteau d'anniversaire. Mais Karen nous a servi de la glace à la vanille avec de la crème fouettée, des éclats de noisette et des cerises confites. On a compté nos cerises en chantonnant :

– Mon mari sera mendiant, tailleur, soldat, marin…
Milliardaire ! Ouais !

Alice a caché sa dernière cerise sous son assiette
pour ne pas arriver à « sans-le-sou ».

– Et toi, Perla, ça donne quoi ? Oh, ma pauvre,
« clochard ».

– Non, je trouverais ça amusant d'être mariée à un
clochard et d'être une clocharde. On aurait un drôle
de chien plein de puces, on vendrait des journaux et
on ferait de la musique dans la rue.

J'ai pris un hot dog qui restait et j'ai siffloté,
comme si je jouais de l'harmonica.

J'avais oublié le ketchup.

– Perla ! On dirait que tu as du rouge à lèvres partout ! s'est écriée Alice en tentant de m'essuyer la
bouche avec sa serviette en papier.

– Et si c'était du sang… En fait, je suis un vampire.
Miam, j'ai bien envie de planter mes canines dans
ton petit cou tout blanc, ai-je dit et je me suis penchée vers elle en découvrant mes dents.

Alice poussait des petits cris.

Son père riait.

Mais sa mère me faisait les gros yeux.

– Pas de ça à table, Perla.

Elle faisait de drôles de grimaces parce qu'elle essayait d'enlever avec sa langue le morceau de carotte qui était coincé entre ses dents. Je mourais d'envie de faire une petite imitation, mais je sentais bien que je commençais déjà à lui porter sur les nerfs. J'ai discrètement agité ma langue dans les airs pendant qu'elle était partie chercher de l'eau gazeuse dans le réfrigérateur.

Alice était en train de boire. Elle a ri, elle s'est étranglée et son Coca lui est ressorti par le nez, comme un jet d'eau.

– Perla ! a grondé sa mère sans même se retourner.

– Tu te trompes de coupable ! a répliqué son père en lui tapant dans le dos.

– Oh, Alice ! Regarde ton beau T-shirt Miss Diorita. Tu vas devoir te changer avant que les Hamilton arrivent.

J'ai froncé les sourcils en essuyant distraitement mes doigts pleins de ketchup sur mon banal T-shirt sans marque.

J'aurais préféré que les Hamilton ne soient pas invités. J'aurais surtout préféré que la fameuse Flora ne vienne pas.

Chapitre 15

Quand j'ai vu Flora, ma gorge s'est serrée. Elle était exactement comme je l'avais imaginée, en mieux… ou en pire, selon. Elle avait de longs cheveux blonds qui ondulaient sur ses épaules, de grands yeux bleus et un teint de pêche. Elle était toute mince avec un cou délicat et des coudes pointus, mais aussi de longues jambes aux mollets galbés de danseuse. Elle ne portait rien d'extraordinaire, juste un short et un T-shirt, mais un T-shirt si court qu'il découvrait son ventre parfaitement plat et un minishort super mode, pas un bermuda bien large qui fait les fesses plates.

– Perla, je te présente Flora, a annoncé Alice en prononçant son nom comme s'il s'agissait d'une fleur très rare.

Elle la contemplait avec le regard admiratif d'une petite servante pour une grande princesse.

Et Karen avait le même comportement avec la mère de Flora... qui était exactement le sosie de sa fille, une Flora dans la fleur de l'âge. Bob ne pouvait pas s'empêcher de la regarder non plus. Elle portait un pantalon blanc un peu comme celui de Karen, mais ça ne faisait pas du tout le même effet sur elle. Le père d'Alice avait visiblement très envie de lui donner une petite tape sur les fesses à elle aussi.

Il a réussi à détourner les yeux pour proposer une bière au père de Flora. Mais Karen a claqué la langue d'un air réprobateur en lui rappelant qu'elle avait

préparé de la sangria pour tout le monde. Je n'avais aucune idée de ce que c'était, mais ça avait l'air bon, ce cocktail rouge avec des morceaux de fruits qui flottaient à la surface comme des petits bateaux.

J'avais la gorge très sèche. J'ai avalé ma salive, pleine d'espoir. Pourtant je voyais bien qu'il n'y avait que quatre verres à côté de la carafe – une très grande carafe. Karen les a remplis avec précaution, mais il restait encore plein de machingria.

— Pourrais-je en avoir un peu, Karen, s'il te plaît ? ai-je demandé fort poliment.

Elle a soupiré, comme si j'étais franchement insupportable.

— Ne sois pas ridicule, Perla.

Elle a échangé un regard entendu avec la mère de Flora. Et Flora a pouffé.

— Je ne vois pas ce qu'il y a de drôle, ai-je dit.

— Il y a de l'alcool dans la sangria, a-t-elle expliqué. Tout le monde sait ça.

Elle a donné un coup de coude à Alice qui a ricané.

— Bien sûr, je le savais, ai-je répliqué en levant le menton. Mais il se trouve que j'ai le droit de boire un peu d'alcool.

— Ça m'étonnerait que ta mère te laisse faire une chose pareille ! s'est exclamée Karen.

– Ma mère, non, mais je prends souvent une petite bière avec mon grand-père.

Je ne mentais pas complètement. Papy m'avait laissée tremper mes lèvres dans son verre une fois, pour que je goûte. C'était infect, d'ailleurs.

Le père d'Alice a éclaté de rire.

– Tu es un sacré numéro, Perla.

– Ça, il n'y a pas de doute, a renchéri sa femme. Bon, je vous ai préparé une bonne citronnade fraîche, les filles. Emportez vos verres au fond du jardin et laissez-nous un peu. Tiens, prends le plateau, Flora. Je sais que tu feras attention.

Nous avons donc traversé le jardin en file indienne. Flora en tête, portant le plateau avec les verres qui tintaient, Alice en second, serrant avec précaution la carafe contre elle, et moi en dernier, les mains vides puisqu'on n'avait pas confiance en moi.

Au fond du jardin, il y avait des tas de trucs à faire. Les buissons nous dissimulaient à la vue des adultes. L'herbe nous arrivait aux chevilles et les grandes fleurs blanches nous dépassaient carrément.

– On pourrait jouer à la jungle, Alice, ai-je proposé, tout excitée.

– Jouer à la jungle ? a répété Flora.

– Perla a une imagination débordante, s'est empressée d'expliquer Alice.

Flora a cligné ses grands yeux bleus pour montrer sa surprise.

– Je n'ai pas joué à faire semblant depuis des années !

Enfin, tu es l'invitée d'Alice, Perla, alors je suppose qu'on doit te laisser choisir.

– Je ne suis pas l'invitée d'Alice, je suis sa meilleure amie, ai-je répliqué avec colère.

– Si on buvait notre citronnade ? a proposé Alice. Tu as l'air d'avoir chaud, Perla.

Je bouillais de rage, oui. J'aurais pu vider un lac de citronnade, ça n'aurait pas éteint ma colère. C'était ma journée avec Alice et il fallait que cette Flora s'en mêle pour tout gâcher ! On ne pouvait même pas jouer. Tout ce qu'elle voulait faire, c'était parler.

Elle nous a parlé de leur exposé sur l'Égypte en nous expliquant qu'elle avait tout trouvé sur Internet et qu'elle l'avait imprimé. Alice s'est exclamée qu'elle était « tellement intelligente ». J'ai répliqué qu'il n'y avait pas besoin d'être particulièrement intelligent pour imprimer des trucs, mais bon. Moi, j'ai essayé de leur dire des tonnes de choses sur les Égyptiens mais elles ne m'écoutaient plus.

Flora nous a parlé de son cours de danse. Imaginez-vous qu'elle avait été sélectionnée pour danser un solo lors du spectacle de fin d'année. Alice s'est exclamée qu'elle était « tellement douée ». J'ai répliqué que je trouvais la danse classique ringarde et que la danse moderne était bien plus drôle. J'ai essayé de tourner sur moi-même et de faire des claquettes, mais j'ai trébuché. Flora a éclaté de rire. Alice aussi.

Flora nous a parlé de ses leçons d'équitation et de son poney, Muscade. Alice a soupiré que Flora avait de la chance et qu'elle avait hâte d'en avoir un aussi. Moi, j'ai dit que j'avais un poney blanc qui s'appelait Diamant. Flora a ouvert la bouche pour répliquer mais j'ai vite ajouté que je savais que le mot juste était « gris » mais que mon Diamant était blanc comme neige.

– Hein, Alice ?

– Elle n'a pas un vrai poney, si ? a demandé Flora.

– Euh…

Alice n'a pas dit que non. Ce n'était pas la peine.

– Oh, je vois, un poney imaginaire ! s'est exclamée Flora.

Elle a claqué la langue et s'est mise à galoper. Elle ne m'avait jamais vue faire semblant de monter Diamant et pourtant l'imitation était parfaite.

– Hue ! a-t-elle fait en secouant sa crinière.

Elle faisait le clown pour qu'Alice se moque encore de moi.

Alice a baissé la tête et a cueilli une touffe d'herbe. Elle s'est mise à tresser les longs brins ensemble. Ses cheveux cachaient son visage si bien qu'on ne pouvait pas voir si elle riait ou pas.

Je regardais ses petits doigts délicats s'agiter.

– Qu'est-ce que tu fabriques ? l'a questionnée Flora.

Moi, je savais ce qu'elle faisait.

– Oh, juste un bracelet en herbe.

Mais ce n'était pas juste un bracelet, c'était un bracelet d'amitié. J'ai retenu mon souffle en attendant qu'elle ait fini. Alors elle a levé la tête et m'a souri. Elle l'a enroulé autour de mon poignet puis a noué les deux bouts. J'ai serré sa main dans la mienne.

– C'est cool ! s'est exclamée Flora. Tu m'en fais un aussi ?

Alice a obéi poliment. Il était plus gros et plus réussi parce qu'elle avait trouvé des brins d'herbe plus longs, mais je m'en fichais. Elle m'avait donné le premier, le vrai bracelet d'amitié.

– Si on montait pour essayer tes bijoux ? a proposé Flora. Tu me prêtes celui en argent avec les petites breloques, Alice ?

Alors, comme ça, elle connaissait tous les bijoux d'Alice ! Et elle voulait mettre mon préféré, celui avec la minuscule arche de Noé ? J'avais l'impression que les girafes, les éléphants et les tigres miniatures me piétinaient avec leurs petites pattes et me déchique-taient avec leurs petites dents aiguisées.

Une fois dans sa chambre, Alice était bien embê-tée. Elle a ouvert sa boîte à bijoux et a regardé la petite danseuse tourner, tourner, tourner sur elle-même. Elle a sorti tous ses trésors, le cœur en or sur sa chaîne, la gourmette de bébé, le bracelet de jade, le médaillon en argent, la broche en strass en forme de chien. Elle a essayé toutes ses bagues. La bague russe en or ciselé, le grenat et toutes ses bagues de pacotille. Mais elle n'a pas touché au bracelet en argent avec les petites breloques.

Flora s'en est emparée.

– J'adooore ce bracelet, a-t-elle dit en tripotant chacune des breloques. Surtout l'arche de Noé. Il y a tous les animaux à l'intérieur, regarde, Perla.

– Je sais, ai-je répondu, c'est mon préféré. Alice me laisse toujours le mettre.

– J'ai demandé en premier, a souligné Flora.

Alice s'est tournée vers moi, impuissante.

J'ai haussé les épaules.

– D'accord, tu n'as qu'à le prendre, Flora.

Après tout, ce n'était pas si grave. Alice m'avait donné le premier bracelet d'amitié. C'était tout ce qui comptait. Je le porterais toute ma vie.

Alice et Flora ont mis tous les bijoux.

– Tu veux ma nuisette rose pour faire une robe de dame, Perla ? m'a proposé Alice.

– Non, merci. J'ai horreur du rose, tu sais bien.

Soudain, j'ai réalisé que ce n'était pas très gentil de dire ça au milieu de cette chambre terriblement rose.

– Enfin, pour les vêtements, ai-je précisé. Le rose, c'est très bien pour les meubles, les rideaux et tout ça. Mais je n'aime pas trop les robes roses.

Je me suis approchée de la fenêtre pour prendre Mélissa.

– Et elle non plus, ai-je poursuivi en déboutonnant sa robe à volants.

– Attention ! s'est exclamée Flora. Rosalie est une poupée ancienne très précieuse.

– Je sais. Mais qu'est-ce que c'est que ce nom ? Elle s'appelle Mélissa.

– Oui, mais c'est nul, comme nom. Rosalie, c'est plus joli, et ça va avec sa robe rose. Hein, Alice ? C'est moi qui te l'ai donnée.

– Et c'est moi qui lui ai donné Mélissa, ai-je répliqué.

J'ai déshabillé la poupée et laissé tomber la robe à

froufrous par terre. Mélissa était bien mieux avec son jupon et sa longue culotte blanche.

– Mais tu n'as pas pu l'acheter chez un antiquaire, s'est étonnée Flora. Alice m'a dit que tes parents étaient très pauvres.

Alice est devenue de la même couleur que la robe.

– Je n'ai pas dit ça comme ça, Flora, s'est-elle défendue. C'est vrai, c'est Perla qui m'a donné la poupée. Et ça me gêne encore. Tu veux que je te la rende ?

J'ai hésité, serrant Mélissa contre ma poitrine. J'avais l'impression de serrer ma grand-mère dans mes bras.

– Non, non, tu peux la garder, ai-je répondu. Mais promets-moi de continuer à l'appeler Mélissa et pas Rosalie, elle déteste ce prénom.

– C'est une poupée, Perla, est intervenue Flora. Elle ne pense pas.

Ça, c'est ce qu'elle croyait. Les yeux noirs de Mélissa la fixaient, pleins de haine. Elle la détestait autant que moi.

Enfin, Karen nous a appelées pour le dîner. Elle avait préparé un buffet sur la table du jardin, recouverte d'une nappe à carreaux jaune et vert avec serviettes assorties. Même les plats étaient dans les mêmes coloris : sandwiches au concombre, quiche bien dorée, salade verte, tarte au citron et cheesecake*.

J'ai soudain été prise d'une angoisse.

– Où est mon gâteau, Karen ?

– Ah oui. Désolée, ma puce, j'avais oublié. Mais la table est un peu chargée, là. Si on le gardait pour plus tard ?

– Mais plus tard, je ne serai plus là, ai-je répliqué. Papy va bientôt venir me chercher. Il faut qu'on mange mon gâteau maintenant. On n'a qu'à faire de la place, ai-je décidé en poussant les assiettes.

– D'accord, d'accord… Attention ! a crié Karen. Je vais le faire, Perla.

* Gâteau au fromage blanc.

Elle est allée dans la cuisine et a rapporté mon gâteau sur une assiette blanche. Il était superbe, tout au chocolat, avec « Alice et Perla » écrit dessus et des petites décorations autour.

– Oh, Perla ! s'est extasiée Alice. Quel magnifique gâteau !

– Mon Dieu ! s'est exclamée Karen. Ne me dis pas que tu l'as fait toi-même, Perla !

– Il a l'air délicieux, a constaté Bob en me souriant. Je vais m'en servir une grosse part.

– Oh, non ! Je vous en prie ! Il faut qu'on le coupe ensemble, me suis-je écriée en m'interposant.

Karen a soupiré.

– À croire qu'elle est chez elle ici, a-t-elle fait en jetant un coup d'œil entendu à la mère de Flora.

– On peut couper le gâteau, maman, s'il te plaît ? a demandé Alice.

– Bien, bien, allez-y, les filles. Coupez-le. On pourra peut-être dîner en paix après.

Elle a pris le couteau… et l'a tendu à Flora !

– Non, pas Flora ! ai-je protesté. C'est juste pour Alice et moi.

D'accord, ça faisait un peu gâtée et pas très polie, mais je n'ai pas pu me retenir. Karen m'a fusillée du regard.

— Là, tu vas trop loin, Perla. Flora, ma chérie, vas-y, coupe le gâteau.

— Non, non, vous ne comprenez pas. Alice et moi, on doit faire notre vœu, ai-je insisté en jouant des coudes.

Flora avait le couteau à la main. Elle m'a souri.

— Je vais faire mon vœu d'abord, a-t-elle dit en enfonçant la lame dans le chocolat crémeux.

Je n'ai pas pu le supporter. J'ai tendu la main, et j'ai agrippé l'assiette.

— Non, Perla ! Non ! a crié Alice.

Je n'ai pas pu m'en empêcher. J'ai pris le gâteau, j'ai regardé Flora qui souriait avec son petit air suffisant et je lui ai écrasé dans la figure.

Chapitre 16

– Monte dans la voiture, m'a ordonné papy. Bon sang, Perla, tu ne fais pas les choses à moitié ! Tu as vraiment réussi ton coup, cette fois. Bravo !

Je le savais. Je savais que Karen me poignarderait avec son couteau à gâteau si je reparaissais chez elle. Je savais que Flora ne me laisserait plus jamais envoyer de mail à Alice. Je savais que je ne pouvais plus être la meilleure amie d'Alice. Je m'étais comportée comme une folle. Maintenant j'étais sûrement sa pire ennemie.

Elle était en train d'aider Flora à se nettoyer, essuyant la crème dans ses sourcils et ôtant les miettes de gâteau au chocolat de ses longs cheveux blonds.

– Alice ne voudra plus jamais me revoir, ai-je gémi.

– Là, je crois que tu te trompes, a fait papy en se retournant.

Alice venait de sortir de la maison, Mélissa dans les bras, sans se soucier des cris furieux de sa mère.

– Tiens, Perl, a-t-elle haleté en me passant la poupée par la fenêtre de la voiture. Reprends-la. C'est normal, elle est à toi. Je ne l'ai jamais appelée Rosalie, c'était Flora.

– Alice, je suis désolée de lui avoir écrasé le gâteau en pleine figure. Mais c'était notre gâteau à nous pour qu'on fasse notre vœu à nous.

– Je sais. Flora l'a bien cherché. Oh, Perl, la tête qu'elle a faite ! s'est soudain exclamée Alice en éclatant de rire.

J'ai rigolé aussi.

Karen courait vers nous en hurlant.

– Oh, oh, on ferait mieux d'y aller, Perl, a dit papy.

Je me suis penchée par la fenêtre pour embrasser Alice une dernière fois.

– Je suis toujours ta meilleure amie ? ai-je demandé alors que la voiture démarrait.

– Bien sûr que oui ! a-t-elle crié par-dessus son épaule tandis que sa mère la traînait de force dans la maison.

Je me suis rassise dans le fond de la banquette, rigolant toujours.

— Tu es un vrai petit monstre. Ce n'est absolument pas drôle, m'a dit mon grand-père d'un ton sévère.

— Je sais, ai-je répondu en serrant Mélissa contre moi, le nez enfoui dans sa chevelure soyeuse.

J'ai arrêté de rire et je me suis mise à sangloter à la place.

— Oh, Perla ! Je ne voulais pas te faire pleurer, mon poussin, a fait papy en me tapotant la cuisse.

— Ce n'est pas à cause de toi que je pleure, c'est ma faute… Tu as été adorable, tu as organisé ce voyage spécialement pour moi et j'ai tout gâché. Comme d'habitude. On dirait que je ne peux pas m'en empêcher. Même si Alice est toujours ma meilleure amie, on ne pourra plus jamais se revoir, maintenant. Qu'est-ce que je vais devenir ?

Je pleurais de plus en plus fort.

— Je sais que Flora est sa meilleure amie aussi.

— Quoi ? Cette face de cake ?

J'ai pouffé entre deux sanglots.

— Bien qu'il n'y ait pas de quoi rire, a repris papy. Si cette histoire arrive aux oreilles de ta mère, jeune Perla, je ne donne pas cher de ta peau.

— Mais tu ne vas pas le lui dire, hein, papy ?

— Tu me prends pour qui ? Je ne suis pas un rapporteur. Mais, écoute-moi, ma petite perle, peut-être qu'Alice a raison. Tu restes sa meilleure amie, mais elle a Flora comme copine de tous les jours. Tu devrais te réjouir d'avoir aussi un copain pour tous les jours.

J'ai froncé les sourcils.

– Qui ça ?

Papy a secoué la tête.

– À ton avis ? Réfléchis, Perla, avec qui t'amuses-tu le plus ?

Je savais où il voulait en venir. Mais je n'étais vraiment pas d'humeur.

Nous sommes rentrés tôt à l'auberge. On avait besoin d'une bonne nuit de sommeil avec la longue route qui nous attendait le lendemain. Sauf que j'ai passé une très mauvaise nuit.

Mon grand-père m'a fait la leçon avant qu'on passe prendre Mme Doucester. Quel drôle de nom. Ça s'écrit Dou-ce-ster, mais ça se prononce « Douster ».

– Tu as intérêt à être sage, je te préviens. Si elle a à se plaindre de la moindre petite chose, je suis renvoyé de mon travail illico. C'est une vieille dame pas très en forme. Elle s'est fait mal au genou, ça doit la faire souffrir, elle doit être dans tous ses états. Elle risque d'être un peu sèche et autoritaire avec nous. Mais tu ne dois absolument pas lui répondre. Tu dois au contraire te montrer compréhensive. Tu es une gentille petite fille, dans le fond. Je sais que tu vas faire de ton mieux.

Il avait l'air inquiet, alors j'ai passé mes bras autour de son cou.

– Sois tranquille, papy. C'est toi qui es très gentil

de m'avoir emmenée jusqu'ici, même si j'ai tout gâché. Je te promets que je serai sage et adorable avec Mme Doucechose. Tu n'as pas à t'en faire pour ton travail, je te le jure.

Ah, ça ! J'ai eu envie de jurer pendant tout le trajet. Mme Doucester n'était pas douce du tout.

Papy est passé la chercher à neuf heures pile le lendemain matin et elle l'a accueilli en râlant :

– Enfin, vous voilà ! Ça fait des heures que j'attends. C'est inadmissible. Bon, maintenant que vous êtes là, remuez-vous un peu. J'ai beaucoup de bagages.

Alors qu'elle s'interrompait pour reprendre sa respiration, elle m'a aperçue à côté de la voiture.

– Ouste, va-t'en ! Ouste ! a-t-elle dit en me menaçant avec sa béquille. Et ne raye pas cette belle voiture !

Mon grand-père s'est empressé d'intervenir :

— Il n'y a pas de problème, madame. Il s'agit de ma petite-fille. Elle vient avec nous.

Mme Doucester a donné un coup de béquille par terre, manquant tomber à la renverse, si bien que papy a dû la rattraper. Elle s'est dégagée de son étreinte rageusement.

— Il n'est pas question qu'elle monte avec moi. Je ne vais pas payer une somme astronomique pour que vous fassiez voyager gratuitement la moitié de votre famille.

Je me suis tournée vers papy, effarée. Qu'allions-nous faire ? Si on avait su que cette vieille bique serait aussi grincheuse, je me serais cachée dans le coffre !

Heureusement mon grand-père sait s'y prendre.

— J'ai emmené Perla avec moi exprès pour vous, madame. Elle pourra sans aucun doute vous être utile. Nous allons nous arrêter plusieurs fois au cours du trajet. Elle pourra aller vous chercher ce dont vous avez besoin et vous accompagner aux toilettes. Elle est là pour vous rendre le voyage le plus agréable possible, madame.

Et il lui a souri. Ses joues poudrées et ses petites lèvres minces ont frémi, comme si elle hésitait à lui rendre son sourire. Elle n'est pas allée jusque-là, mais elle m'a fait approcher d'un impérieux mouvement de canne.

— Viens voir, fillette. Prends-moi le bras et rends-toi utile. Tu vas m'aider à monter dans cette voiture, mais fais bien attention à ne pas effleurer mon pauvre genou car il me fait terriblement souffrir.

À la fin de la journée, j'avais carrément envie de lui arracher toute la jambe. Elle grognait, râlait, pestait en permanence. Elle occupait presque toute la banquette arrière si bien que j'étais obligée de me serrer contre la portière, incapable de bouger d'un centimètre. Mais elle me repoussait néanmoins avec sa canne pour être sûre d'avoir de la place pour son précieux genou. Il y avait assez de place pour une centaine de genoux d'éléphant, mais je n'ai rien dit.

Je n'ai même pas protesté lorsqu'elle a ôté ses affreuses bottines noires de vieille dame pour me mettre ses affreux pieds difformes de vieille dame dans la figure. J'ai dû toucher ses pieds couverts de verrues pour l'aider à remettre ses chaussures lorsque nous nous sommes arrêtés dans une station-service. C'est là que m'attendait la pire épreuve du voyage : escorter Mme Doucester aux toilettes.

– Oh, voilà une gentille petite qui aide sa mamie ! s'est exclamée une dame.

J'avais très très envie de faire basculer « mamie » la tête la première dans la cuvette et de tirer la chasse. Mais j'ai continué à minauder d'une voix doucereuse.

Et on a repris la route… Mais on a dû s'arrêter je ne sais combien de fois parce que Mme Doucester avait une vessie de la taille d'un petit pois. Chaque fois qu'on mangeait quelque chose, elle se plaignait que ce n'était pas assez ceci ou trop cela et faisait couler de la soupe sur son énorme poitrine. Je devais courir chercher des serviettes et l'aider à nettoyer, mais je ne disais toujours rien.

– Tu as avalé ta langue ? m'a-t-elle demandé. Tu n'es pas très bavarde. J'aime les enfants qui ont un peu de repartie.

– Oh, notre Perla n'est pas de ceux-là. C'est une petite timide, toujours gentille, a répondu papy avant d'être pris d'une quinte de toux.

Je crois bien qu'il riait.

Lorsque nous l'avons enfin déposée chez sa pauvre fille, elle a fouillé dans son sac à la recherche de son porte-monnaie.

– Tiens, fillette, pour te remercier de ton aide durant le trajet, a-t-elle dit en tendant le bras.

Et elle m'a glissé une pièce de vingt pence dans la main. Le coût d'une seule de ses maudites visites aux toilettes, la vieille chouette pas chouette !

– Bah, c'est déjà ça, Perlita. À moi, elle ne m'a pas donné un sou de pourboire. Cependant ce voyage aura été une expérience enrichissante pour nous deux. Sur la route du retour, j'ai réalisé quelque chose : je crois que je n'aime pas trop quand tu fais la petite fille sage. Tu es beaucoup plus drôle quand tu es un petit monstre.

Papy n'a pas rapporté à maman la malencontreuse histoire du gâteau, mais elle a deviné que notre voyage ne s'était pas merveilleusement bien passé. Papa, maman, Arthur et Jack ont été pleins de tact et ils ont évité de me poser des questions. Même Dingo me tournait autour en battant la queue et sans aboyer, le summum du tact canin.

Biscuit, en revanche, a été plus direct. J'avais à peine franchi les portes de l'école le lundi matin qu'il courait déjà vers moi.

– Alors, Perla, comment ça s'est passé ? Alice était contente, pour le gâteau ? Il était bon ?

– Je ne sais pas, ai-je répondu. J'aurais bien aimé

237

le goûter, mais il aurait fallu lécher le visage de Flora et ça, je préférais éviter.

Biscuit a écarquillé les yeux.

– Qui est-ce, cette Flora ? Le gâteau était pour Alice.

– Tu l'as dit ! Sauf que cette peste de Flora a pris le couteau et a voulu le couper, comme si c'était son gâteau. Alors je lui ai écrasé dans la figure.

Biscuit en est resté bouche bée.

– Tu es un vrai monstre, Perla.

– Je ne fais pas exprès… ça sort comme ça, malgré moi. Et c'est idiot parce que je gâche toujours tout. Avec Alice, on n'a pas pu faire notre vœu d'anniversaire, alors je ne vois pas comment on va pouvoir rester meilleures amies.

– Si, c'est possible, a assuré Biscuit. Avec mon copain Tim, on ne se voit qu'aux grandes vacances, pourtant on est des super potes.

– La mère d'Alice ne voudra jamais me laisser venir en vacances chez eux.

– Et la mère de l'autre… – Flora, c'est ça ? – non plus, je parie. Elles ont peur de toi, espèce de monstre !

– Mais toi, Biscuit… tu n'as pas peur de moi, hein ?

– Si, regarde, j'en tremble, a-t-il dit en frémissant de la tête aux pieds. Tu sais que tu m'as poursuivi jusque dans les toilettes pour me flanquer une raclée !

– Non, je ne voulais pas vraiment. Enfin, je crois. J'étais un peu sur les nerfs, c'est tout.

– Tu es toujours un peu sur les nerfs. Mais ce n'est pas grave. Personne n'est parfait.

– En tout cas, toi, tu as l'air presque parfait. Comment fais-tu pour être toujours aussi gentil, Biscuit ?

– Oh, je suis comme ça, c'est naturel chez moi, a-t-il répliqué en souriant.

– Hé, tu vas finir par avoir la grosse tête, alors j'arrête. Si on se remettait à notre exposé sur le Gros Bruno. Tu joueras son rôle pendant que je lirai les recettes, d'accord ?

– J'ai une meilleure idée, a affirmé Biscuit. On va tous les deux faire le Gros Bruno. Tu n'as qu'à venir chez moi après l'école. Avec ton grand-père, bien sûr, ma grand-mère m'a demandé de l'inviter. Attends de voir ce que ma mère t'a préparé !

Chapitre 17

La mère de Biscuit m'avait fabriqué un costume à paillettes vert émeraude ! J'ai plaqué la veste contre moi et j'ai virevolté dans la pièce avec les deux manches vides qui me tenaient par le cou.

– Merci, madame Petit-Lu ! Il est magnifique. Vous l'avez fait exprès pour moi… C'est trop gentil !

– Billy avait très envie que tu aies toi aussi ton costume de Gros Bruno, et il me restait du tissu. J'en ai acheté des mètres et des mètres. Mon Billy grandit tellement vite que je ne sais jamais quelle taille il fait. Je t'ai taillé ce minicostume en deux temps, trois mouvements. Et j'ai ajouté du rembourrage au niveau du ventre. Tu es maigre comme une allumette comparée aux Petit-Lu !

Je lui ai fait un gros bisou. Papy l'a remerciée chaleureusement. Pour le goûter, Mme Petit-Lu nous a préparé des milk-shakes à la fraise. Biscuit et moi, on a mangé la glace avec des grandes cuillères, puis on a bu le reste du mélange mousseux à la paille. Pendant ce temps, la mamie de Biscuit avait servi une tasse de thé à papy, avec un de ses petits biscuits chocolat-caramel faits maison. Il a dit qu'il n'avait jamais rien mangé d'aussi bon et l'a dégusté avec de grands « mmmm ! », en claquant les lèvres à chaque bouchée. Ça faisait un drôle de bruit de bisou-bisou. La grand-mère de Biscuit s'est mise à pouffer comme s'il venait de l'embrasser !

Biscuit et moi, on a aussi goûté les biscuits, vite fait (bien fait), on s'est essuyé la bouche et on est partis dans le jardin avec nos costumes sous le bras préparer notre numéro de Gros Bruno.

Nous nous sommes entraînés comme ça tous les soirs. Nous avons regardé je ne sais combien de fois la cassette de papy pour apprendre par cœur les expressions favorites de Gros Bruno, et savoir parler, sourire, bouger comme lui. Puis nous nous sommes plongés dans ses livres de cuisine, l'eau à la bouche, pour choisir nos recettes.

J'avais prévu d'apporter un réchaud de camping en classe pour faire des crêpes, mais quand j'en ai parlé à Mme Watson, elle a écarquillé les yeux, horrifiée.

– Je suppose que ce serait l'occasion idéale de tester l'efficacité des extincteurs de l'école, mais je ne suis pas sûre que mes nerfs tiendraient le coup, Perla.

– Ne vous inquiétez pas, madame. Ce ne sera pas moi qui ferai la cuisine, ce sera Biscuit.

– Il est presque aussi maladroit que toi ! Si vous approchez à moins de cent mètres d'un réchaud à gaz, je parie qu'il prend feu spontanément !

– Vous nous prenez pour de vraies catastrophes ambulantes, ma parole.

– Exactement, jeune demoiselle, a acquiescé Mme Watson. Mais dis-moi, qu'est-ce que vous nous préparez, avec Biscuit ?

– On vous mijote une bonne surprise ! ai-je répondu en riant. Mais, bon, je vous promets qu'on ne fera pas la cuisine en classe. On fera comme à la télé quand ils disent : « Et voici le résultat final ! »

En parlant de télévision, Barry Baxter a fait un très bon exposé sur les présentateurs de l'émission *Blue Peter*. Ça a commencé en 1958 : papa et maman n'étaient même pas nés, vous imaginez ! Barry était très sérieux, mais il nous a tous fait rire en nous racontant la fois où ils avaient fait venir un bébé éléphant… qui a soulagé une envie pressante au beau milieu du plateau de télé !

J'ai rigolé avec les autres, mais je commençais à m'inquiéter : Barry risquait de nous faire de la concurrence. En revanche, nous n'avions rien à craindre des autres élèves. Heureusement que Biscuit m'avait convaincue d'abandonner mon projet d'exposé sur Michael Owen. Pratiquement la moitié de la classe avait choisi de présenter un footballeur : assommant ! Une bonne dizaine d'enfants avaient pris Harry Potter et nous avaient sorti les mêmes poudlardises jusqu'à ce qu'on soit complètement potterisés. On avait eu droit à tous les *boys bands* et les *girls bands* qu'on peut imaginer et à la biographie complète de Brad Pitt et de Jennifer Lopez en trois exemplaires !

J'ai supplié Mme Watson de nous laisser passer juste après la récréation pour qu'on puisse tout mettre en place. On avait tellement de choses à faire qu'on n'a même pas eu le temps de grignoter. Une première pour Biscuit et moi !

– C'est pas grave. On pourra goûter tout ça après,

a affirmé Biscuit en sortant ce qu'on avait préparé de son sac à dos. Mais tu n'as pas intérêt à y toucher, maintenant, Perla ! Il faut qu'il y ait assez de caramels pour toute la classe.

– Je veux juste en lécher un, ai-je insisté pour le taquiner.

Puis j'ai vu l'heure.

– Vite, la cloche va sonner d'une minute à l'autre. Allons nous habiller !

Nous avons enfilé nos costumes à paillettes verts par-dessus nos vêtements. Je me suis peigné les cheveux en arrière pour les coincer derrière les oreilles. Puis nous nous sommes dessiné une moustache noire au feutre et nous avons souri en haussant les sourcils comme le Gros Bruno.

– Parfait ! a déclaré Biscuit.

– On est les meilleurs ! ai-je affirmé.

En découvrant les deux Gros Bruno en costumes à paillettes sur l'estrade, toute la classe s'est tordue de rire. Même Mme Watson, elle en pleurait presque.

– Oh, non, ces deux-là ! s'est-elle exclamée. Biscuit ! Perla !

– Non, nous sommes les deux Gros Bruno ! avons-nous annoncé.

Puis, avec Biscuit, nous avons échangé un signe de tête.

– Bonsoir, la compagnie ! avons-nous entonné en chœur. Gros Bruno vous a préparé un vrai festin ! Ça va être tout bon pour vos bidons !

Biscuit s'est frotté le ventre. Moi, j'ai tapoté mon coussin. On a fait notre petite danse de Gros Bruno, un pas à droite, un pas à gauche, et hop ! les bras en l'air ! Biscuit et moi, on faisait tout exactement en rythme. Un vrai duo de Gros Bruno !

– Hé, les petits loupiots, ça n'a pas l'air d'être la grande forme. On va vous concocter un petit remontant !

Quand Biscuit a sorti une casserole et une cuillère en bois, Mme Watson a pâli.

– Perla, j'avais dit « pas de cuisine en classe », a-t-elle soufflé.

– Du calme, ma petite dame, ai-je répliqué avec la voix de Gros Bruno. On ne va pas vraiment cuisiner. Cool !

Les élèves tendaient le cou pour voir la réaction de la maîtresse.

– Bien, bien, monsieur Gros Bruno, pour une fois, je vais essayer d'être cool, a-t-elle répondu.

Tout le monde a rigolé.

J'ai lu la recette des caramoelleux extra fondants tandis que Biscuit mimait avec la casserole et la cuillère. Puis il a tourné la pendule en plastique de sa petite sœur vers le public et a fait tourner la grande aiguille pour montrer que le temps passait. J'ai alors brandi triomphalement la boîte en fer pleine de caramels qu'il avait déjà préparés. On l'a fait passer et tout le monde s'est servi, même Mme Watson.

– Délichieux, a-t-elle marmonné, les dents collées par le caramel.

– Et c'est seulement le hors-d'œuvre, ai-je répondu.

– Attendez de voir le plat principal, a renchéri Biscuit.

– Il va vous épater, ai-je poursuivi tandis que Biscuit reprenait sa place devant son fourneau imaginaire. Le Choco-Bruno, l'extraordinaire gâteau au chocolat du Gros Bruno !

J'ai lu la recette en prenant bien soin d'imiter sa voix, de me lécher les babines et de faire miam miam à intervalles réguliers. Pendant ce temps, Biscuit mélangeait ses ingrédients invisibles, avant de mettre

son gâteau dans le placard à fournitures que nous avions pour l'occasion étiqueté FRIGO. J'ai fait tourner les aiguilles de l'horloge et, d'un geste théâtral, Biscuit a sorti le vrai gâteau du placard. Sous un tonnerre d'applaudissements, il l'a coupé en trente parts égales.

Il m'en a gardé une pleine de cerises confites. Et, deuxième cerise sur le gâteau, Mme Watson nous a dit que nous avions remporté le concours du meilleur exposé. Barry est arrivé deuxième. Biscuit lui a

promis un gâteau en forme d'éléphant comme lot de consolation.

– Et moi, alors ? ai-je protesté. Tu pourrais m'en faire un aussi ?

– Je suis en train de préparer une recette spécialement pour toi, a expliqué Biscuit. Tu vas devoir patienter encore une semaine ou deux.

Je savais ce qu'il complotait. Il voulait me faire un gâteau pour mon anniversaire. Il y avait juste un petit problème : je ne voulais pas fêter mon anniversaire. La moindre minisaucisse, le moindre petit sandwich à l'œuf et toutes les jolies tartelettes me rappelleraient immanquablement Alice. Quant aux gâteaux d'anniversaire, après ce qui s'était passé, j'en avais un mauvais souvenir. Mais Biscuit avait l'air tellement enthousiaste que je n'ai pas voulu lui faire de peine.

J'en ai parlé à papa et maman (sans leur raconter

ce qui était arrivé à mon dernier gâteau d'anniversaire, bien sûr !).

– Et si on faisait un dîner au lieu d'un goûter d'anniversaire ? a proposé papa. On te préparerait ton plat préféré.

– Pas des spaghettis bolonaise ! s'est exclamée maman. Mais, de toute façon, je ne crois pas que je serais capable de préparer un bon dîner pour autant de monde après une journée de travail.

– Maman, je te l'ai déjà dit, je n'ai pas envie d'inviter des gens de ma classe, ai-je affirmé. Enfin, peut-être Biscuit. Mais personne d'autre. On reste en famille.

– Arthur voudra inviter Aïcha. Et il y aura aussi papy, évidemment. Et les parents de Biscuit. Tu es tout le temps fourrée chez eux, on pourrait leur rendre l'invitation. Qu'en penses-tu ? Son père, sa mère et sa petite sœur, c'est ça ?

– Et il ne faut pas oublier June, sa grand-mère ! a ajouté papy.

– Ça fait dix personnes et demie, a calculé maman. Où vont-ils pouvoir s'asseoir ? Et que vais-je pouvoir leur faire à manger ? Oh, là, là ! En plus Mme Petit-Lu est un véritable cordon-bleu.

– Elle n'arrive pas à la cheville de sa mère, a décrété mon grand-père, qui en avait l'eau à la bouche rien que d'y repenser.

– Des pizzas ! s'est exclamé papa. On n'aura qu'à commander des pizzas avec de la bière pour les hommes, du vin pour les femmes et du Coca pour les enfants. Et, en dessert, on aura le gâteau du gamin. On s'installera dans le jardin et on chantera *Joyeux Anniversaire* à notre Perla. Ça te plairait, ma puce ? On ne t'entend plus.

Et pour cause, j'avais une boule dans la gorge, comme si j'avais une pierre coincée en travers. Ils étaient tellement gentils, ils se donnaient tant de mal pour me préparer un bel anniversaire. Sauf que ça ne marcherait pas. Ce n'était pas ce que je voulais.

Je voulais juste fêter mon anniversaire avec Alice, comme chaque année.

Papa me regardait, plein d'espoir. Ils me regardaient tous. Je ne pouvais pas être aussi égoïste.

Alors j'ai dégluti pour avaler la pierre et j'ai répondu :

– Oui, des pizzas dans le jardin, c'est une super idée. Miam, miam.

J'avais une voix bizarre, un peu étranglée, et j'ai dû battre des paupières pour éviter de fondre en larmes.

– Ça va être génial, ai-je bredouillé avant de foncer au premier pour m'enfermer dans les toilettes et pleurer tout mon saoul.

Chapitre 18

Le jour de mon anniversaire, je me suis réveillée tôt. J'ai dit bonjour à Mélissa qui était assise en jupon et culotte sur mon appui de fenêtre. Elle m'a répondu en agitant sa main de porcelaine blanche.

J'ai repoussé du pied ma couette dauphin et je me suis étalée sur mon lit, bras et jambes écartés.

– Bon anniversaire à moi-même ! ai-je murmuré. Et bon anniversaire, Alice !

J'ai collé mon pouce dans mon oreille et mon petit doigt sur mes lèvres, faisant de ma main un téléphone imaginaire.

– *Joyeux anniversaire, joyeux anniversaire. Joyeux anniversaire, Alice et Perla. Joyeux anniversaire à nous deux*, ai-je chantonné.

J'ai entendu renifler dans le couloir. Dingo a poussé la porte du bout du museau pour me souhaiter un bon anniversaire d'un coup de langue. En le caressant, j'ai senti un truc accroché à son collier. C'était un paquet de chocolats avec un petit mot : « Ouafieux Ouafnniversaire, Bisous mouillés, Dingo. » Son écriture ressemblait drôlement à celle de Jack. Je l'ai serré dans mes bras et nous avons partagé mes chocolats d'anniversaire ensemble, un pour lui, un pour moi…

— Qu'est-ce que c'est que ça ? s'est exclamée maman en entrant dans ma chambre en peignoir. Je ne crois pas que vous ayez droit au chocolat, tous les deux. Attention, si maman vous voit, vous allez avoir de sérieux ennuis !

J'ai pouffé et Dingo a bavé.

Maman m'a embrassée.

— Bon anniversaire, Perla chérie.

Elle m'a tendu un paquet enveloppé de papier de soie rose avec un ruban à pois. Je l'ai secoué pour tenter de deviner de quoi il s'agissait.

– Doucement ! a fait maman.

J'ai déchiffré le mot « maquillage » à travers le papier de soie. Ouh là, alors maman m'avait prise au sérieux quand je lui avais dit que je voulais être plus féminine ! J'ai déchiré le papier avec un sourire forcé… qui s'est transformé en véritable sourire, un sourire jusqu'aux oreilles même. À la place du banal rouge à lèvres rose et de la poudre beigeasse que j'attendais, j'ai découvert un coffret de maquillage artistique : des craies de toutes les couleurs, du rouge et du orange pétant, du vert éclatant, du gris, du bleu foncé. Et je m'imaginais déjà en Incroyable Hulk, en Spiderman, en Dracula, en roi Lion… Les possibilités étaient infinies. Il y avait même une moustache noire qui serait parfaite pour jouer Gros Bruno.

– Merci, maman, c'est super ! me suis-je exclamée en courant devant mon miroir pour l'essayer.

– Hé, tu ne t'es pas encore lavée ! a protesté maman.

– Bah, de toute façon, il faudra que je me lave après, non ? ai-je répliqué.

Et je suis descendue prendre mon petit déjeuner d'anniversaire en vampire, le visage blafard, les yeux cernés de violet et du sang dégoulinant sur le menton. Afin d'éviter que mon uniforme d'école me gâche mon effet, je m'étais enveloppée dans un drap, pour faire linceul. Tout le monde s'est écarté sur mon passage, en poussant les hurlements qui s'imposaient. Comme c'était mon anniversaire, maman m'a fait des crêpes (en refusant obstinément que je lui donne un coup de main). J'ai étalé de la confiture de fraise dessus en disant que c'était du sang.

Il ne me restait plus que dix minutes pour redevenir une fille normale et filer à l'école, mais je cherchais tout de même mes paquets des yeux, pleine d'espoir. Arthur a bien vu mon regard et il a éclaté de rire.

– D'accord, d'accord. Mon cadeau est dans l'entrée, a-t-il annoncé.

C'était un vélo ! Rien que pour moi !

– Oh, Arthur, tu es génial ! Un vélo tout neuf !

– Oui, je suis génial, mais non, il n'est pas vraiment

neuf. C'est l'ancien vélo d'Aïcha. On l'a réparé et repeint pour toi. Il te plaît ?

– Tu penses ! ai-je répondu en sautant sur le vélo pour l'essayer tout de suite.

– Perla ! Descends de ce vélo ! Tu vas abîmer la moquette et les murs ! a hurlé maman.

– Pas de panique, maman, je sais ce que je fais, ai-je dit en lâchant le guidon.

Mais juste à ce moment-là, le facteur a jeté une liasse de courrier par la fente de la porte et j'ai sursauté. Mon nouveau vélo est parti comme un fou dans le couloir, je n'arrivais plus à le diriger.

– Attention à la peinture ! a crié maman.

– Oh, Perla, ne démolis pas ton vélo avant même d'avoir pu faire un tour ! m'a suppliée mon frère.

J'ai examiné et la peinture et mon vélo. Pour une fois, j'avais de la chance, aucun des deux n'était abîmé. J'ai passé les lettres en revue. Des factures, encore des factures, des cartes d'anniversaire de vieilles tantes et de cousins éloignés. Mais pas celle que j'attendais.

J'ai relu chaque enveloppe au cas où je l'aurais manquée, tout en sachant que je reconnaîtrais l'écriture à dix mètres. Moi, je lui avais envoyé une carte d'anniversaire que j'avais faite moi-même. Un montage de photos de tous nos anniversaires, depuis nos un an où nous étions assises dans nos chaises hautes devant notre premier gâteau d'anniversaire. Alors qu'Alice léchait délicatement le glaçage, j'avais du gâteau partout, jusque dans les cheveux, et je hurlais à pleins poumons parce que j'en voulais une autre part.

J'avais découpé des ballons et des gâteaux dans les magazines de maman et je les avais collés entre les photos, puis j'avais ajouté une rangée d'étoiles argentées tout autour. La carte était un peu lourde et poisseuse, mais j'espérais qu'elle lui plairait quand même. J'espérais aussi qu'elle aimerait son cadeau. Je l'avais repéré dans l'un des catalogues de maman. C'était un coussin en peluche en forme de cœur. Il était rose très rose, et pelucheux très pelucheux. Par-

fait pour la nouvelle chambre d'Alice.
Il était aussi cher très cher pour une
petite fille sans le sou, mais maman
m'avait fait crédit : je devais lui rembourser un peu chaque semaine. Ça
allait prendre des siècles et tout mon argent de
poche y passerait, pratiquement jusqu'à notre pro-
chain anniversaire, mais ça en valait la peine.

J'ai essayé de me dire que ce n'était pas grave. Tant
pis si elle ne m'avait rien envoyé, pas même une
petite carte. Je n'ai pas pu retenir mes larmes quand
je me suis démaquillée, mais c'était parce que le
savon me piquait les yeux.

– Où est passé le vampire ? m'a demandé Jack alors
que je sortais de la salle de bains.

– Il a fui la lumière du jour, ai-je répondu entre
deux reniflements, en m'essuyant les yeux.

– Dommage, j'avais un cadeau d'anniversaire pour
lui, a-t-il fait en me mettant un paquet enveloppé de
papier noir brillant entre les mains.

En le déchirant, j'ai découvert un porte-monnaie en plastique noir décoré de chauves-souris aux dents pointues.

— Merci, Jack, il est cool !

— Regarde à l'intérieur, m'a-t-il dit avant d'entrer dans la salle de bains pour sa toilette éclair.

À l'intérieur ? Je l'ai ouvert et j'ai trouvé un billet de vingt livres !

J'ai tambouriné contre la porte.

— Jack !

— Quoi ?

— Sors, je veux te faire un bisou.

— Pas question ! Alors là, je ne ressors plus jamais.

— Oh, Jack, tu as été très généreux pour une fois, d'habitude, tu es plutôt radin.

— Merci, miss Diplomatie. Non, je ne suis pas généreux *pour une fois*, j'ai eu le porte-monnaie gratuit dans *Horreur Magazine* et tu as honnêtement gagné tes vingt livres.

— Comment ça ?

— Toutes les corvées que je t'ai demandé de faire en échange de l'accès à mon ordinateur… Je me suis senti un peu coupable. Tu as le droit de l'utiliser quand tu veux, sœurette.

Maintenant, ça ne me servait plus à rien. J'avais comme le pressentiment que dorénavant Pissenlit refuserait de transmettre mes messages à Alice.

C'était l'horreur de se retrouver à côté d'une place vide à l'école, surtout ce jour-là. Heureusement, je pouvais toujours me retourner vers Biscuit. Il m'avait apporté une grande carte d'anniversaire qui représentait un garçon un peu enveloppé devant une immense table chargée de centaines de gâteaux : gâteaux glacés, gâteaux à la crème, gâteaux au chocolat… tous les gâteaux possibles et imaginables. Il avait un éclair dans chaque main et mordait dedans, un grand sourire aux lèvres. Au-dessus, on lisait en lettres argentées : J'♥ LES GÂTEAUX… et à l'intérieur Biscuit avait écrit « Mais je t'aime encore plus ».

– Oh… Biscuit ! me suis-je exclamée en rougissant.

– Qu'est-ce que tu viens de lui donner, Biscuit ? ont voulu savoir les autres.

– Pourquoi elle est devenue toute rouge ?

– Montre-nous ce qu'il a écrit, Perl !

– Cache-la vite, m'a chuchoté Biscuit, rouge comme une tomate lui aussi.

Je l'ai fourrée dans mon cartable tandis que Mme Watson tapait des mains pour tenter de faire revenir le silence. Un imbécile a essayé de me prendre mon sac, alors je lui ai fichu un coup avec.

– Perla, calme-toi ou tu risques d'avoir de sérieux ennuis, anniversaire ou pas. À ce propos… tiens, a-t-elle dit en posant une enveloppe sur mon bureau.

Mme Watson m'avait écrit une carte d'anniversaire ! Elle représentait un professeur de l'ancien temps, avec un chapeau raplapla sur la tête et une canne à la main, qui disait UN PEU DE TENUE ! À l'intérieur, Mme Watson avait écrit : « Je te souhaite un très bon anniversaire, Perla. » Et elle s'était dessinée avec un grand sourire aux lèvres.

Bien sûr, c'était un jour d'école ordinaire et nous avons dû écouter la leçon et faire des exercices rasoirs, mais à la récréation, Biscuit et moi, on a fait le concours de celui qui peut engloutir un Mars le plus vite… et j'ai gagné. Pourtant, la mâchoire de Biscuit est beaucoup plus entraînée que la mienne pour ce genre de choses alors je me demande s'il n'a pas fait exprès de mâcher lentement pour me laisser gagner.

Papy m'attendait à la sortie de l'école. Il ne s'est pas contenté de me faire un bisou, il m'a fait tour-

noyer dans les airs, encore et encore. Il était tout
essoufflé quand il m'a reposée par terre. Puis il m'a
tendu mon cadeau d'anniversaire : c'était *Les Recettes
super fastoches du Gros Bruno*.

– Tu voudras bien me le prêter de temps en temps,
ma petite perle ? J'aimerais inviter quelqu'un à dîner
et j'aurais besoin d'un coup de pouce, d'autant que la
dame en question est un véritable cordon-bleu.

– Oh… Je me demande vraiment qui ça peut bien
être, alors, ai-je répondu en pouffant.

– Ah, devine ?

– Ne serait-ce pas une certaine personne que tu es
censé voir ce soir à mon dîner d'anniversaire ? ai-je
dit. Une vieille parente de mon ami Biscuit ?

– Hé ! ho ! comme tu y vas. Elle n'est pas vieille,
elle est dans la fleur de l'âge ! a répliqué papy.

Nous ne sommes pas allés chez lui, nous avons filé

directement à la maison pour aider à préparer mon dîner d'anniversaire. Maman était encore au travail. Quant à Arthur et Jack, ils n'étaient pas rentrés de l'école.

Il n'y avait que papa, qui nous a appelés du fond du jardin. Il avait tondu la pelouse vite fait, sorti toutes les chaises en plastique et recouvert la vieille table d'une nappe brodée. Il avait également jeté une autre nappe sur les branches de l'arbre, pour recouvrir un gros machin d'une drôle de forme.

– Qu'est-ce que c'est que ce truc, papa ? ai-je demandé. Un abri à oiseaux géant, pour les aigles ?

– Non, c'est ton cadeau d'anniversaire, ma Perla ! a-t-il annoncé.

Il s'est hissé sur la pointe des pieds et il a ôté la nappe d'un geste théâtral, comme un toréador agitant sa cape. Une cabane ! Pour moi !

Elle était magnifique, avec une échelle de corde toute neuve, une porte arrondie et un vrai toit.

– Oh, papa, c'est trop cool ! ai-je soufflé.

Je suis vite montée la visiter. Il y avait un petit panneau sur la porte : CHEZ PERLA. À l'intérieur, papa avait installé un gros coussin et une étagère pour y ranger mes livres préférés.

J'ai regretté un instant qu'il n'y ait pas aussi un coussin pour Alice, mais j'ai vite chassé cette pensée.

– C'est la plus belle cabane du monde… et tu es le plus chouette papa de l'univers ! me suis-je écriée.

J'aurais aimé passer le restant de l'après-midi dans ma cabane mais, dès que maman est arrivée à la maison, elle m'a envoyée prendre un bain.

– Et ensuite tu te changeras. J'ai lavé ta robe jaune, elle est comme neuve, a-t-elle affirmé.

Elle s'est interrompue, puis elle a souri.

– Si tu voyais ta tête, Perla ! Je plaisante. Mets ton jean préféré et un T-shirt propre, d'accord ?

Elle a aussi fait laver et changer mes deux frères qui ont obéi sans grand enthousiasme. Quand il est arrivé, Biscuit avait l'air de sortir d'un bain brûlant : il était tout propre et tout rose dans son costume à paillettes vert. Sa mère avait mis sa robe de meringue, sa grand-mère un bel ensemble couleur lilas, quant à sa petite sœur, Polly, elle avait une petite robe toute mignonne, rouge avec des pois blancs, on aurait dit Minnie. Même son père portait des couleurs vives : une chemise violette et une cravate bordeaux.

Leur petit groupe joyeux et dynamique a rempli notre salon. Heureusement, une fois que papa a eu servi l'apéritif, nous sommes sortis dans le jardin, nos verres à la main.

Biscuit m'a offert une marionnette du Gros Bruno avec une touffe de peluche pour les cheveux et une veste à paillettes verte (mais sans pantalon parce qu'il n'a pas de jambes). Biscuit l'a fait sautiller dans tous les sens en agitant les bras en l'air, comme à la télé.

– *Je te plais, Perla ? Je suis un beau cadeau d'anniversaire ?* m'a demandé le Gros Bruno miniature en me chatouillant le menton avec ses cheveux tout doux.

– Tu me plais énOOOrmément, mini Gros Bruno. Tu es un très chouette cadeau d'anniversaire. Tu remercieras bien Biscuit de ma part.

– *En fait, c'est la maman de Biscuit qui m'a fabriqué, mais c'est lui qui a dessiné mon visage, m'a avoué la marionnette. Et c'est lui qui a fait ton gâteau aussi !*

– J'ai hâte de le voir, ai-je répondu.

Je me demandais si ce serait un gâteau en forme de Gros Bruno avec un glaçage vert à paillettes.

– Alors je préfère m'écarter, je n'ai pas envie de me le prendre dans la figure. Je te connais, Perla, m'a glissé Biscuit à l'oreille.

On a commencé par les pizzas. Papa a pris son taxi pour aller les chercher. Les adultes avaient choisi des garnitures tout ce qu'il y a de plus banal. Polly, elle n'avait pas le droit à la pizza, juste à des gressins (mais ça lui a beaucoup plu, elle s'en est servie comme baguettes de tambour sur son petit ventre rebondi). Biscuit et moi, nous nous sommes longuement concertés pour composer la pizza idéale : sauce tomate, trois fromages, champignons, maïs, tomates, ananas, olives, saucisses et poulet.

– Vous êtes sûrs que ça suffira, les enfants ? nous a taquinés papa.

– Hum… On pourrait prendre aussi du salami. Et du bœuf. Et peut-être des poivrons ? a répondu Biscuit, le plus sérieusement du monde.

Et il a assuré qu'il lui resterait encore plein de place pour le gâteau d'anniversaire. En revanche, on n'avait pas de place pour s'asseoir car toutes les chaises étaient prises. Nous nous sommes serrés dans ma cabane pour manger notre mégapizza. Il fallait qu'on lève les coudes en même temps pour ne pas se donner de coups. À une ou deux reprises, sans le faire exprès, Biscuit a mordu dans ma pizza au lieu de la sienne.

Comme il voulait aller chercher le gâteau et allumer les bougies lui-même, on a dû se contorsionner pour qu'il puisse s'extirper de la cabane, comme un bouchon de champagne.

J'attendais mon gâteau le cœur battant, espérant que ce ne serait pas un gâteau au chocolat comme celui que j'avais fait pour Alice. Je ne voulais plus penser à cette journée ratée, à ce vœu gâché...

Biscuit a traversé le jardin en portant avec précaution une grande assiette. Je voyais les flammes des bougies qui dansaient. Le gâteau était marron... mais il ne s'agissait pas d'un gâteau au chocolat ordinaire. Il avait un toit ! Peut-être que papa lui avait soufflé l'idée et qu'il avait fait un gâteau-cabane ?

J'ai sauté de l'arbre pour mieux voir. Ce n'était pas une cabane, c'était un gâteau en forme de puits à l'ancienne. Il était magnifique, avec toutes ses petites briques cernées de blanc et, tout autour, des fleurs en sucre et des animaux en pâte d'amande, qui faisaient la ronde – grenouilles, écureuils, petits lapins… Enfin, Biscuit avait écrit « Bon anniversaire, Perla » en grosses lettres rondes sur le toit.

– C'est un puits à souhaits, a expliqué Biscuit. Tu peux faire un vœu en soufflant les bougies et en mangeant chaque part aussi.

– Oh, Biscuit !

Je me suis jetée sur lui. Biscuit a reculé d'un pas, inquiet.

– Je veux juste te dire merci, andouille !

– Souffle d'abord tes bougies. Je n'ai pas envie que la cire coule sur mon gâteau. J'ai mis des heures pour faire les briques !

J'ai pris une profonde inspiration. J'ai soufflé fort

et, alors que les bougies s'éteignaient une à une, j'ai fait mon vœu. J'ai souhaité que, Biscuit et moi, on soit toujours les meilleurs copains du monde et que je reste aussi amie avec Alice.

Je savais que ça ne servait à rien de souhaiter ça, vu qu'Alice ne m'avait même pas envoyé de cadeau d'anniversaire, mais je n'ai pas pu m'en empêcher.

— Alors c'était quoi, ton vœu ? m'a demandé Biscuit en m'aidant à couper le gâteau.

— Il ne faut pas le dire, sinon ça ne se réalisera pas, ai-je répliqué en souriant.

— Bon, si c'est comme ça, je ne te dis pas le mien non plus, a-t-il répondu en me rendant mon sourire.

Nous avons tous dégusté le délicieux gâteau de Biscuit (même Polly a léché un petit bout de glaçage). Et, à chaque part, on faisait un vœu !

C'est alors qu'on a entendu frapper à la porte.

— Tiens, voilà mon bel inconnu aux cheveux bruns ! a fait maman en riant.

Papa a froncé les sourcils, comme s'il était en colère.

— Non, c'est la grande blonde de mes rêves, a-t-il répliqué.

Et ils se sont souri en secouant la tête.

Les parents de Biscuit se souriaient aussi. Quant à la mamie de Biscuit et à mon papy, non seulement ils se souriaient, mais ils se tenaient la main !

Arthur et Aïcha sont partis se balader, main dans la main également. Avec une grimace dégoûtée, Jack

a serré la patte à Dingo, tout en lui donnant un petit morceau de gâteau.

Papa est allé ouvrir et il est revenu avec un sac en plastique.

– C'était notre voisine, Mlle Michaels. Ce paquet est arrivé ce matin, elle l'a réceptionné pour nous. Il t'est adressé, Perla.

J'ai tout de suite repéré le timbre écossais, mais je ne reconnaissais pas l'écriture. J'ai déchiré l'enveloppe. Elle contenait un petit paquet argenté et une carte d'anniversaire avec deux petits ours qui se tenaient par le cou, l'un rose, l'autre jaune. Au-dessus, on lisait « Bon anniversaire » en lettres roses et jaunes et, à l'intérieur, « Bisous tout doux à ma meilleure amie ».

En dessous, Alice avait ajouté :

      Plein, plein, plein de bisous, Perla.

**J'espère que tu vas passer un très très bon anniversaire.
Je fais une fête, mais ça ne sera pas pareil sans toi.
Maman m'a obligée à inviter Flora, mais je ne l'aime
plus tellement.**

**Tu es toujours ma meilleure amie, même si je n'ai
plus le droit de t'écrire ou de t'appeler.**

**Heureusement, papa a accepté de poster ce paquet.
C'est grâce à lui si j'ai pu t'envoyer ce cadeau...
fait tout spécialement pour toi.**

Des milliards de bisous,

             × × × × Alice

J'ai ouvert le petit paquet, les mains tremblantes.
C'était le bracelet en argent d'Alice… et, juste à
côté de la petite arche de Noé, elle avait ajouté une
nouvelle breloque en forme de cœur où étaient gra-
vés quatre mots : AMIES POUR LA VIE.

Jacqueline Wilson

L'auteur

Jacqueline Wilson est née à Bath, en Angleterre, en 1945.
Fille unique, elle se retrouvait souvent livrée à elle-même
et s'inventait alors des histoires. Elle a toujours rêvé d'être
auteur et a écrit son premier roman à neuf ans ! Elle se
rapelle ensuite, adolescente, avoir rempli des dizaines de
cahiers. À seize ans, elle devient journaliste d'un magazine
pour adolescentes qui porte son nom : *Jackie*. Après son
mariage et la naissance de sa fille Emma, Jacqueline Wilson
travaille pour différents journaux. À vingt-quatre ans, elle
écrit une série de romans policiers pour adultes puis se lance
dans l'écriture de livres pour enfants, domaine qu'elle n'a
plus quitté depuis 1990. Ses histoires, pleines d'émotion, de
vérité et d'humour, font d'elle un écrivain majeur de la littérature jeunesse, adoré de ses millions de lecteurs (et lec-
trices !), et l'auteur le plus emprunté dans toutes les biblio-
thèques britanniques. Children's Laureate de 2005 à 2007,
elle est une formidable ambassadrice du livre pour enfants
avant d'être anoblie pour services rendus à la littérature.
Grande lectrice, elle possède des milliers de livres. Dans la
collection Folio Junior, elle a notamment publié : *À nous
deux !, Maman, ma sœur et moi, À la semaine prochaine, Poisson d'avril, Mon amie pour la vie, Secrets…*

Nick Sharratt

L'illustrateur

Né à Londres en 1962, **Nick Sharratt** a toujours aimé dessiner. Diplômé de la St Martin's School of Art de Londres en 1984, il devient illustrateur de livres pour enfants, et travaille également pour la presse. Il met en images tous les livres de Jacqueline Wilson, depuis leur première collaboration, en 1991, pour *La Fabuleuse Histoire de Jenny B*. Ses dessins, pleins d'humour et de malice, s'harmonisent parfaitement au style de chacune des histoires de Jacqueline. Il est également auteur et illustre ses propres albums, toujours très drôles et inventifs.

Découvre d'autres livres
de **Jacqueline Wilson**

dans la collection

POISSON D'AVRIL

n° 1241

Elle s'appelle Avril parce qu'elle a été trouvée un 1er avril…
dans une poubelle, il y a tout juste quatorze ans. Aujour-
d'hui, elle ne sait toujours rien de sa mère biologique ni
des raisons de cet abandon. Elle décide de mener une
enquête et va peu à peu retrouver les femmes qui ont marqué son enfance…

SECRETS

n° 1299

Trésor et India n'ont pas grand-chose en commun, sauf
qu'elles rêvent toutes les deux d'avoir une grande amie à
qui se confier et qu'elles sont premières de leur classe. En
attendant, elles tiennent chacune leur journal intime et
c'est ainsi que nous découvrons leurs vies. Trésor est petite,
maigrichonne, garçon manqué, et elle vit chez sa grand-
mère, dans une cité, parce que le copain de sa mère ne la
supporte plus. India est grande, plutôt enrobée et elle
habite dans un quartier chic. Ce n'est pas le rêve pour
autant : ses parents travaillent tout le temps et ne pensent
qu'à eux. Les chemins des deux fillettes se croisent le jour
où Trésor fugue pour échapper à son beau-père qui la bat.
India la cache dans le grenier de sa grande maison. Très

vite, le secret devient trop lourd à porter. Heureusement, il existe des adultes à qui l'on peut faire confiance. Nanny, la grand-mère de Trésor finira par obtenir la garde de sa petite-fille… Trésor et India ont beau être différentes, elles sont devenues les meilleures amies du monde. Et elles peuvent enfin se voir au grand jour !

MON AMIE POUR LA VIE

n° 1301

Jade et Vicky sont inséparables. Aussi, lorsque Vicky est renversée par une voiture, Jade ne peut pas croire que sa meilleure amie ait réellement disparu. Ne continue-t-elle pas à la voir partout à ses côtés, chez elle comme au collège ? Fantôme, ange ou démon, l'impétueuse Vicky n'a pas l'intention de se faire oublier si vite. Jade se sent de plus en plus habitée par elle mais cette présence, d'abord source de réconfort, devient vite envahissante. Jade tombe sous l'emprise d'un ange gardien autoritaire qui peut lui souffler de mauvais conseils. Comment réussira-t-elle à «faire son deuil» et à se libérer enfin du fantôme de son amie ?

LOLA ROSE

n° 1335

Jayni a une dizaine d'années, son petit frère Kenny, pas plus de cinq ans. Ils vivent dans la terreur car leur père est très violent. Leur mère, Nikki, se laisse battre sans oser porter plainte. Pourtant, le jour où il s'en prend à sa fille, Nikki réagit et décide de partir avec ses enfants. Par chance, elle vient de gagner dix mille livres à un jeu de grattage : c'est l'occasion ou jamais. Ils deviennent Victoria, Kendall et Lola Rose. Une nouvelle famille est née, prête à affronter toutes les épreuves de la vie.

« LES AVENTURES DE JENNY B. »

LA FABULEUSE AVENTURE DE JENNY B.

n° 1267

« Il était une fois une petite fille qui s'appelait Jenny Bell… » On dirait le début d'un conte de fées. Pourtant ma vie n'a rien d'un conte de fées. J'ai dix ans, j'habite dans un foyer pour enfants parce que ma mère est partie… Enfin, je suis sûre qu'elle reviendra me chercher. En attendant, j'ai décidé d'écrire mon histoire, une histoire qui finira bien, j'espère !

UN NOUVEAU DÉFI POUR JENNY B.

n° 1424

Quand Cam a décidé de m'adopter, j'étais folle de joie. Sauf que ce n'est pas toujours rose entre nous. Elle refuse de m'acheter des vêtements de marque et je déteste mon école. Alors, au lieu d'aller en cours, j'invente des défis terribles avec mes copains. Mais maintenant, ma vraie mère veut me revoir, c'est comme un conte de fées… ou presque..

Mise en pages : Maryline Gatepaille

Loi n° 49-956 du 16 juillet 1949
sur les publications destinées à la jeunesse
ISBN : 978-2-07-061944-3
Numéro d'édition : 157993
Numéro d'impression : 89550
Premier dépôt légal dans la même collection : octobre 2005
Dépôt légal : avril 2008

Imprimé en France sur les presses de la Société Nouvelle Firmin-Didot